TOTEM

Mario Rigoni Stern est né en 1921 à Asiago, dans la province de Vicence, en Vénétie. En 1938, il s'engage comme chasseur alpin dans l'armée italienne peu avant qu'éclate la seconde guerre mondiale. Fait prisonnier par les Allemands en 1943, il réussit à s'évader et regagne à pied son village natal. Chantre de la nature, il nous offre des pages magnifiques et inoubliables que l'on retrouve, entre autres, dans sa trilogie du haut-plateau (*Histoire de Tönle*, *L'Année de la victoire*, *Les Saisons de Giacomo*). Mario Rigoni Stern est mort en 2008.

HISTOIRE DE TÖNLE

Cette superbe histoire s'incarne dans un petit livre qui a toutes les qualités des grands ouvrages, de ceux où tout est dit en peu de mots, mais où chaque mot prend valeur de symbole car produit pur d'une culture de l'essentiel qui rejoint la poésie la plus exigeante. Au pied de l'olivier, Tönle remporte sa dernière victoire sur les frontières : celles qui bornent les cultures, les nations, les époques.

Le Monde diplomatique

Rigoni Stern élève l'inspiration régionaliste et écologique à un niveau universel, en poète attentif à la beauté du monde.

Le Monde

Mario Rigoni Stern, l'homme des montagnes, libertaire de nature, aime les choses simples de la vie, la polenta, la soupe aux haricots et la grappa, que l'on boit en chœur. Il est pourtant l'un des auteurs les plus renommés d'Italie, les plus couronnés de prix.

Télérama

Mario Rigoni Stern

HISTOIRE DE TÖNLE

Roman

Traduit de l'italien
par Laura Brignon

TOTEM

TOTEM n°233

Titre original : STORIA DI TÖNLE

Première édition française : Éditions Verdier, 1988

ISBN 978-2-35178-828-8
ISSN 2105-4681

Illustration de couverture © Riki Blanco
Conception graphique de la couverture : Valérie Renaud

CHAQUE soir sur les pentes du Moor, une vache se tenait immobile et regardait. Elle se détachait sur le ciel clair au-dessus de la ligne d'horizon, avec pour piédestal le remblai de terre enlevé à la montagne au printemps 1916 pour aménager de la place et un abri à une batterie de canons.

Mélancolique et pensif, pelotonné dans son fauteuil en rotin et enroulé dans une couverture pour se protéger de l'air froid, Gigi Ghirotti regardait lui aussi en silence.

Puis il dit tout bas :

— Qu'est-ce que cette vache peut bien regarder ? Qu'est-ce qu'elle peut bien penser ? Je la vois là tous les soirs. Peut-être, ajouta-t-il devant mon silence, qu'elle veut se remplir de ces heures, de ces images et de ces bruits, pour quand la neige et le froid la tiendront enfermée à l'étable pendant des mois. Ou pour quand elle sera morte.

— Peut-être qu'elle attend de voir le soleil se lever, répondis-je alors. Tu ne vois pas qu'elle regarde toujours vers l'aurore ?

Cependant la nuit dévalait des forêts et de la montagne ; mais même dans le noir, sur le ciel étoilé, la vache se tenait immobile et regardait. Elle était comme le temps.

Alors, je commençai à raconter à Gigi l'histoire de Tönle Bintarn.

I

DEPUIS la lisière de la forêt, méfiant comme un animal sauvage qui attend la tombée de la nuit pour sortir à découvert, il regardait son hameau, et le village tout en bas, dans l'échancrure des prés. La fumée odorante du bois se dissipait dans le ciel rose et violet, où les corneilles volaient en groupe et s'appelaient.

Il y avait un arbre sur le toit de sa maison : un cerisier sauvage. Le noyau dont il était né avait atterri là bien des années plus tôt, expulsé en vol par une grive mauvis, et une rosée printanière l'avait fait germer car, pour protéger la maison de la pluie et de la neige, un de ses aïeuls avait étalé une couche supplémentaire de chaume sur le toit, si bien que celle d'en dessous était devenue de l'humus, presque de la glèbe. Le cerisier avait poussé comme ça.

En le regardant, Tönle Bintarn se rappelait quand, gamin, après la moisson du seigle, il y grimpait du côté de l'étable, où le grand toit touche presque le flanc de la montagne, et picorait une à une toutes ses petites cerises noires et très sucrées avant que les merles et les grives ne viennent s'en mêler : elles étaient comme du miel, et pendant des jours ses mains et le contour de sa bouche restaient teints de leur jus, que l'eau du Prunnele ne réussissait pas à faire partir. Mais en automne, le rouge pastel de ses feuilles, visible du sommet du Moor, était comme une oriflamme qui ennoblissait cette pauvre maison et la différenciait des autres.

En ce soir de décembre, ses branches étaient un hiéroglyphe sur la toile de fond du ciel et, sans la légère fumée qui s'échappait des évents de pierre sous les avant-toits, les maisons du hameau et la terre recouverte de neige n'auraient fait qu'un. (À l'époque, nos habitations n'avaient pas de cheminée : depuis la pièce à vivre, un conduit montait jusqu'aux combles, où une corbeille enduite d'argile éteignait les escarbilles : de la sorte, la fumée se répandait dans le vaste grenier tout en maintenant une précieuse tiédeur au-dessus de la maison, et puis elle enfumait et durcissait les poutres de mélèze de la charpente, les préservant du passage des siècles.)

Il était absent depuis neuf mois, et les dernières nouvelles qu'il avait données, c'était depuis Ratisbonne, un jour où il avait croisé un villageois qui rentrait en Italie. Voilà comment les choses s'étaient passées.

Comme toujours, et ça depuis qu'il n'était plus un gamin, l'hiver il devait faire trois ou quatre voyages par mois de l'autre côté de la frontière avec son chargement. Il apportait là-bas des souliers ferrés pour les hommes et des vêtements pour les femmes, il rapportait ici des pains de sucre, de l'eau-de-vie et des carottes de tabac ; s'il s'en tirait bien, avec un voyage il arrivait à gagner de quoi acheter un boisseau d'orge ou de farine pour la polenta, ou bien un pot de fromage salé ou deux stockfischs*.

Seulement, ce commerce n'était pas si simple car, depuis 1866, les passes faciles étaient gardées par les douaniers royaux, qui ne les laissaient pas toujours traverser et, quand ils entendaient le cri “Halte là, douane !”, les contrebandiers devaient abandonner leur fardeau et se sauver à toutes jambes. Mais parfois, en s'organisant à plusieurs, ils arrivaient à passer par des points de contrôle décidés à l'avance en secret, moyennant pour chaque chargement une lire d'argent laissée dans le képi d'un douanier.

Tönle faisait équipe avec quatre camarades du hameau, et, ensemble, ils suivaient le sillon des traîneaux à bois aussi longtemps que possible, puis ils s'enfonçaient dans la forêt et, pour ne pas laisser des traces évidentes, ils marchaient sous les arbres, où la neige est toujours plus dure ; sur les hauteurs, ils avaient leur piste, par des rochers défilés jusqu'à la frontière. Le danger résidait dans la descente de l'autre côté, sur le territoire de François-Joseph, non pas à cause des gendarmes impériaux et royaux mais des avalanches, qui dégringolaient souvent des cimes par les couloirs rocheux de la Valsugana. (Certains gardent encore le souvenir d'un père de famille, artisan cordonnier, emporté dans le Vallone delle Trappole. Il fut retrouvé en août par les chiens des bergers, il avait toujours son sac contenant ses sabots bien arrimé sur le dos.)

Bref, en mars de l'année où commence notre histoire, Tönle Bintarn rentrait chez lui avec un chargement sur le

* Morues séchées à l'air libre. (Toutes les notes sont de la traductrice.)

dos. Aux abords des habitations, ses camarades s'étaient comme toujours dispersés sur différents sentiers pour éviter d'attirer l'attention, et, pour sa part, il descendait du Platabech d'un pas prudent mais ferme. Ses crampons mordaient la neige gelée qui tenait encore dans les passages à l'ombre ; dans moins d'une demi-heure, il serait chez lui avec ses enfants et sa femme, il se reposerait et dormirait au chaud et au sec. La marchandise, sa femme et Petar, son fils aîné, se chargeraient de l'apporter à destination plus tard.

Quand il entendit le halte-là, il fut plus surpris que s'il avait été touché par une balle de mousqueton ; mais il n'abandonna pas son chargement pour courir plus à son aise, il était trop près de chez lui maintenant, et d'un saut en contrebas, il quitta le sentier. Mais le second douanier se tenait prêt en dessous et, comme il touchait terre, il sentit qu'on l'attrapait par le bras et entendit le cri d'usage : "Plus un geste ! Tu es fait !"

Quand il sentit qu'on l'attrapait par le bras, il se débattit et assena un coup de bâton à l'aveugle. Le douanier poussa un cri et s'écroula. Lui détala dans la forêt où le daphné fleurissait déjà ; il entendit les coups de feu et les balles qui brisaient les rameaux de hêtre au-dessus de sa tête, puis un cri : "Halte ! Halte ! Arrête-toi !" et le croassement des corneilles et un merle apeuré, et encore : "Halte ! Arrête-toi, on t'a reconnu !"

Il s'arrêta à un endroit d'où il pouvait observer sans être vu. Les deux douaniers descendirent à travers les pâturages ; l'un soutenait l'autre, qui pressait un mouchoir contre sa tête. Il les vit s'arrêter parler avec le vieux Ballot qui préparait son lopin pour la semaille des lentilles ; puis ils coupèrent par les prés des Grebazar, s'arrêtèrent de nouveau au Pach, où ils rincèrent et lavèrent la tête blessée à l'eau vive, et enfin ils se dirigèrent vers les premières maisons du village.

Alors il descendit au pas de course. Il laissa son chargement dans la bergerie du Spille et, plus rapidement encore, il gagna sa maison. Il expliqua à toute vitesse la situation à sa femme et à son père, prit de quoi manger et retourna dans la forêt, où il se cacha sous un replat qu'il connaissait bien.

Une heure après, des douaniers et des carabiniers arrivaient au hameau sous le commandement d'un officier. Bien entendu, ils passèrent la maison entière au peigne fin, de la cave au fenil, et n'y trouvèrent rien sinon de la pauvreté. Dans l'étable, où le sol s'était élevé d'au moins un mètre avec la couche de feuilles et de fumier de tout un hiver, si bien que les moutons, dont le museau arrivait au niveau du fenestron, pouvaient lorgner avec une grande convoitise les pâturages du Poltrecche où les crocus fleurissaient déjà, un gradé fit déplacer les six moutons et les trois agnelles, au cas où le criminel se serait caché parmi elles.

Enfin, le lieutenant fit rassembler tous les habitants du hameau devant la maison. Il déclara avec un accent napolitain :

— Un douanier royal a été grièvement blessé dans l'exercice de ses fonctions ; nous connaissons l'identité de son agresseur, et vous aussi. Si le criminel se manifeste de lui-même dans les prochaines heures, nous ferons preuve de clémence. Sinon…

Il laissa planer la menace en serrant son poing ganté. Puis il poursuivit :

— Si vous lui offrez un refuge et votre aide, vous serez considérés coupables vous aussi. C'est compris ?

Personne ne dit mot. Seul un vieillard marmonna quelque chose dans un dialecte que, pour sûr, les autres ne comprenaient pas.

— Allons-nous-en, ordonna l'officier à ses hommes.

Et en colonne deux par deux, ils repartirent vers le village sur la sente délimitée par des pierres plantées. Les chiens aboyaient sur leur passage.

L'affaire du douanier blessé par Tönle Bintarn circula à une vitesse téléphonique dans le chef-lieu et toutes les bourgades avoisinantes, même si à l'époque il n'y avait pas encore de téléphones. Le juge ouvrit une enquête ; le sous-préfet demanda un rapport au commissaire de la police royale, au commandant des douanes et à celui des carabiniers royaux. Mais, surtout, on en parla dans la boutique du Puller, le barbier-cordonnier qui collectait et diffusait nouvelles et informations auprès des contrebandiers et des douaniers, des fonctionnaires et des cafetiers, des boutiquiers et des sergents-fourriers*, des bûcherons et des bergers, des chasseurs et des curés.

Le soir même, l'incident fit l'objet d'une conversation à la table des officiers de la 63e compagnie de chasseurs alpins en garnison au village. Chez les jeunes officiers piémontais, on critiquait le comportement de ces gens de frontière et leur sauvagerie ; et on évoqua la fois où l'illustre capitaine Casati avait dû intervenir avec une compagnie de

* Le sergent-fourrier est le sous-officier chargé de l'intendance.

bersagliers[*] contre une centaine de montagnards qui voulaient couper du bois de chauffage dans les forêts du Consorzio[**] sans autorisation. Qu'est-ce qu'ils imaginent, ces gens-là ? Mais le lieutenant Magliano, qui veillait à signaler au bureau royal de recrutement les noms de ceux qu'il voulait voir affectés dans son unité et se souvenait que l'agresseur avait été sapeur dans son peloton à l'époque où lui-même, sous-lieutenant fraîchement émoulu de l'académie militaire, avait été envoyé dans notre village, mit fin à la discussion en invitant la tablée à entonner en chœur une chanson qu'il avait tout récemment composée sur un vieil air populaire. Les paroles disaient : "Sur notre chapeau nous portons l'emblème – de la maison royale de Savoie – nous le portons avec foi et avec joie – vive l'Italie et ses souverains./Nous franchirons les murs de Trente..."

Un autre curieux hasard voulait que, avant d'être sapeur dans les Alpins avec le sous-lieutenant Magliano, Tönle Bintarn eût été soldat dans la Landwehr, sur les terres de Bohême, à Budějovice, sous les ordres du commandant von Fabini. Quand, au bout de quatre ans, il avait été libéré de ses obligations militaires et était rentré chez lui, notre village avait changé de maître : à la place de François-Joseph, il y avait Victor-Emmanuel.

Le lendemain de cette fâcheuse affaire, la femme de Tönle se rendit au village avec une douzaine d'œufs et deux kilos de sucre dans son sac. Avant de s'engager sur la

* Soldat italien de l'infanterie légère.

** Le territoire des Sept communes, sur le plateau d'Asiago, présente la particularité d'être pour l'essentiel sous le régime d'une propriété collective. À partir de 1815, les biens de ce territoire furent dénommés *Beni del Consorzio dei Sette Comuni.*

place de la fontaine, elle s'arrêta au coin de chez les Stern pour retirer ses sabots et enfiler des bas et des souliers ; puis elle lissa sa robe, traversa la place jusqu'à la maison qu'elle cherchait et monta l'escalier de maître Bischofar.

En entendant ses pas, l'avocat sortit dans le couloir pour l'accueillir dans son cabinet après avoir fait partir sa petite-fille, venue lui tenir compagnie, qui époussetait ses livres et ses tableaux : des portraits de Garibaldi à cheval et de Mazzini, une main portée sur son large front. Étudiant, ou plutôt séminariste, il était allé avec Daniele Manin au siège de Venise en 1848, puis avec le "corps franc" ou légion des Cimbres au col des Vezzene pour repousser les Autrichiens et les Croates de Radetzky.

— Je suis au courant, dit-il à la femme après l'avoir fait asseoir. Il vaut mieux que votre homme ne montre pas son nez dans le coin pendant un bon bout de temps. Il a déjà fait une saison dans les mines de fer en Styrie, pas vrai ? Qu'il y retourne immédiatement, même s'il n'a pas d'engagement ; il connaît le chemin. Il trouvera bien un moyen de vous envoyer de quoi tenir le coup ; après tout, mieux vaut être dans une mine de fer qu'en prison. J'ai parlé avec le juge, vu le déroulement des faits, on ne peut pas compter sur un acquittement ; peut-être que plus tard, dans quelque temps, il y aura une possibilité d'amnistie. En attendant, j'essayerai de vous obtenir de l'aide par les bonnes œuvres du Pio Istituto Elemosiniere.

Maître Bischofar n'utilisait pas un langage sophistiqué, et même, quand il parlait à des gens de la campagne, il employait plus de mots dans notre ancienne langue qu'en vénitien ou en italien. Il refusa les œufs et le sucre et, quand il lui dit au revoir, puisqu'elle devait passer par le hameau de Chescie, il lui demanda de saluer son ami Christian Sech de sa part.

La nuit suivante, Tönle reprit le chemin de la frontière. Mais pour ne pas se faire arrêter, car à coup sûr la surveillance avait redoublé, il se hasarda à traverser par le pas du Val Caldiera et à redescendre par le Valon Porsig où, pour sûr, vu le risque d'avalanches et la difficulté du parcours, il ne risquait pas de croiser les douaniers.

En bas, où la neige était molle, il avait marché avec des raquettes, mais sur les pentes à plus haute altitude, il avait dû planter la pointe de ses souliers à crampons dans la glace à chaque pas et, de l'autre côté, où le sentier avait complètement disparu, ralentir sa descente dans la neige des couloirs rocheux à l'aide de son solide bâton et de ses talons.

Le soir même il était à Castelnovo, où il dormit dans une étable ; le lendemain, il poursuivit en direction de Castel Tesin, où il connaissait la veuve d'un de ses anciens compagnons de travail. Il y trouverait un bon lit et une écuelle de soupe.

Après avoir parlé de sa mésaventure et des travaux qui n'avaient pas encore commencé, et avoir convenu qu'il n'avait pas de raison de s'attarder plus que nécessaire ici, dans cette maison, la veuve lui proposa de partir avec un de ses neveux, un colporteur d'estampes qui s'en irait dans une semaine, sa caisse en bandoulière, pour les villages autrichiens. À Pieve, où ce dernier devait aller s'approvisionner dans les entrepôts des imprimeries, il pourrait faire des achats pour lui aussi. L'argent, elle le lui avancerait jusqu'à son retour. Elle lui faisait confiance et, si vraiment il y tenait, pour ne pas se sentir son obligé, il n'avait qu'à lui verser un intérêt de cinq pour cent comme c'est l'usage entre braves gens.

Avant d'accepter cette proposition, il voulut entendre de la bouche de ce neveu comment les choses se passaient exactement, et il se rendit chez lui.

Pendant les années où il avait arpenté les routes du monde, d'abord comme porteur d'eau dans les mines, puis comme *eisenponnar** sur les voies ferrées en construction, ou même comme soldat, il lui était arrivé plusieurs fois de croiser ces singuliers colporteurs qui exposaient leur marchandise dans les foires ou les fêtes de village, accrochée à une ficelle tendue aux murs des églises ou sous les arcades ; et ils ne vendaient pas des objets utiles pour la pratique d'un métier, pour la maison ou pour les champs, comme disons des harnais pour les chevaux, de la quincaillerie, des ustensiles, des boucles, du tissu, etc., mais des feuilles de papier avec des dessins dessus. Des images de saints et des illustrations qui racontaient des histoires que tout le monde pouvait comprendre, même les illettrés. Le dimanche, lui aussi avait passé des heures à regarder ces images, à lire leurs légendes et à rêvasser devant des épisodes de la Bible, de la Rome antique, des chevaliers de la Table ronde, ou des représentations de villes lointaines, de coutumes et de pays, de guerres napoléoniennes.

Il marchait en pensant à cela et arriva à cette maison située à l'écart du village, au milieu d'un pré sur la pente de la montagne. Il entra. Ils étaient nombreux, là-dedans, des

* Ouvrier des chemins de fer.

hommes et des femmes de tous âges ; et, assis autour de la grande table, à côté du feu ou dans l'escalier qui montait à l'étage, ils mangeaient tous de la polenta et des haricots. Il les salua, leur souhaita un bon appétit ; puis il dit qui il était et qui il cherchait. Quelqu'un s'écarta de l'âtre et s'avança vers lui. De prime abord, il le prit pour un gamin avec son visage rose et poupin, mais sa longue et épaisse moustache rousse prouvait qu'il avait vingt ans au moins.

On le fit asseoir à table, d'où une fille s'était levée pour lui laisser sa place ; on lui demanda s'il avait soupé. Il accepta une goutte de grappa dans une tasse à café. Ils parlèrent.

Comme précédemment avec la veuve, il raconta son histoire, et comment il avait dû quitter sa maison pour ne pas se retrouver en prison. Orlando, c'était le prénom du gamin moustachu, accepta de lui acheter des estampes selon son estimation du marché, mais il estimait aussi qu'il ne serait pas juste qu'après un certain temps d'apprentissage ils se fassent concurrence sur les mêmes places. Bref, il le formerait, et ensuite il devrait se débrouiller, éventuellement en empruntant des itinéraires parallèles et puis en le retrouvant le soir, car Tönle n'ayant pas de permis de colportage, il devait passer pour son employé auprès des autorités.

Ils partirent la semaine suivante, à pied. Ils avaient de bons souliers et de bonnes jambes, et portaient sur leur dos, attachée par une sangle en cuir, leur caisse en bois remplie d'une centaine d'images, classées par thèmes et par séries.

Ces estampes étaient les seuls objets d'art qui, depuis trois siècles, diffusaient les œuvres des grands maîtres chez les gens de la campagne et les gens du peuple dans les villes, dans les fermes éparpillées au milieu des montagnes et des plaines. Les gens de Castel Tesin, colporteurs experts de longue date – ils faisaient jadis le tour de l'Europe pour vendre des pierres à feu –, étaient parvenus à vendre des estampes de la famille Remondini, produites dans les célèbres imprimeries de Bassano Veneto, dans tous les pays du monde : de la Scandinavie aux Indes, de la Sibérie au Pérou. Chaque peuple et chaque nation avait évidemment ses goûts, et ce qui convenait aux luthériens du nord de l'Europe ne passait pas chez les Espagnols ; les Russes réclamaient des vues de Paris ou de Londres ou bien des reproductions de Raphaël, les Français et les habitants des Pays-Bas des épisodes des campagnes napoléoniennes ou des paysages et des scènes du Caucase et de la Moscovie, les Sud-Américains des Vierges de Guadalupe et des Jugements derniers, les Autrichiens des paysages romantiques italiens et des scènes de chasse ; et puis, tous avaient leur saint préféré, et certains voulaient saint Joseph plus âgé ou la Vierge plus jeune.

Ainsi, les colporteurs d'estampes devaient connaître les goûts et les traditions, et proposer des achats à leurs clients en fonction de leur sexe et de leur âge, de leur croyance religieuse, de leur métier et de leurs passions. Mais il arrivait parfois que dans une ferme perdue de Galicie on leur réclame *Le Mariage de la Vierge* de Raphaël ou une *Pietà* de Michel-Ange (qui se vendaient toujours mieux que les Flamands !), et dans des villes comme Vienne ou Heidelberg une oléographie de saint Antoine en abbé, avec son cochon.

Tönle et son associé de la Valsugana avançaient à un bon rythme. À Bolzano, plutôt que de prendre la vallée de l'Isarco vers le Brenner, ils remontèrent le cours de l'Adige. À Naturns, ils firent leur première exposition et vendirent de quoi faire de modestes provisions de pain de seigle, de lard fumé et de fromage ; puis l'un d'eux s'arrêta à Laces et l'autre poursuivit vers Schlanders, où ils se retrouvèrent le soir venu. Ils dormirent dans une grange, puis repartirent : Tönle faisait le tour des fermes du flanc gauche et son acolyte celles du flanc droit de la vallée. Trois jours après ils se revirent à Glurns, où ils passèrent la nuit dans l'enceinte des remparts, dans une écurie, et le lendemain s'y tenait une foire qui attirait même des gens de la Valteline et de Suisse, ils firent de bonnes affaires. Puis ils poursuivirent par le col de Resia et entrèrent dans le Vorarlberg.

Ils continuèrent de la sorte pendant des semaines, ils franchirent les montagnes, et à Landshut, en Bavière, ils vendirent presque tous leurs sujets classiques, alors ils décidèrent de prendre la direction de Brno où Giuseppe Pasqualini, lui aussi originaire de Castel Tesin, avait une imprimerie moderne qui reproduisait mécaniquement des estampes en couleur par le procédé de l'oléographie. Ils se réapprovisionneraient là avant de reprendre leur chemin. Sans compter que les estampes de Pasqualini rapportaient davantage de bénéfices et qu'elles étaient très demandées, car leurs couleurs vives et naturelles ainsi que la véracité des faits qu'elles racontaient exerçaient une grande fascination sur les gens du peuple.

Quand ils arrivèrent aux abords de Cracovie, l'homme de Castel Tesin décida de poursuivre de l'autre côté des

Carpates pour gagner les Russies et tenter sa chance en ouvrant une boutique à Kiev, à Moscou, ou à Saint-Pétersbourg : il avait amassé un joli pécule et, à ce qu'il disait, il recevrait l'aide des gens de son village qui s'étaient installés dans ces villes lointaines. Avant de prendre congé l'un de l'autre, ils mangèrent et burent ce soir-là dans une auberge de Cracovie où, en guise de règlement, le tenancier juif ne leur demanda pas d'argent, mais une estampe du port d'Amsterdam.

Tönle prit seul le chemin du retour, mais comme il n'avait ni permis de colportage ni passeport, seulement son attestation des services accomplis délivrée par la Landwehr, il dut éviter les villes, grandes comme petites. À Brno, il refit le plein d'estampes, qu'il se fit acheter par un autre habitant de Castel Tesin rencontré sur les routes de Bohême. Il les vendit toutes dans les villages du Salzbourg et du Tyrol, sauf deux.

Le chien de Cesare n'aboya pas : il vint renifler son pantalon en futaine. Il était couvert d'odeurs, mais toutes amicales, et le chien remua légèrement la queue. Tönle vit, sans y prêter attention, une rangée de langes gelés étendus sur la barrière du potager. Il souleva le loquet, poussa la porte et entra sans dire un mot.

Ils ne l'attendaient pas. Il resta un instant immobile dans l'encadrement de pierre, puis referma. Sa femme et sa mère cessèrent de filer le lin, son père assis sur un tabouret avait détourné les yeux du feu et ôté sa pipe de sa bouche, il le regardait ; Petar fut le premier à se lever de son coin sous la lampe où, au milieu d'un tas de copeaux, il maniait un couteau pour polir des douves de sapin. Ils s'avancèrent vers lui, les femmes l'étreignirent et le couvrirent de baisers ; son père barra la porte avec la traverse de frêne, puis il le prit par le bras et l'attira près du feu pour mieux le voir. Tout le monde voulait savoir toutes sortes de choses, et questions et réponses se chevauchaient. Puis d'autres fusaient, pour raconter et pour savoir ce qu'il s'était passé pendant les longs mois où il avait été loin d'ici.

Quand il avait dû prendre la clé des champs, sa femme était enceinte de deux mois à peine, elle ne le savait pas encore, et maintenant une fille était née, déjà baptisée, du nom de Giovanna : elle dormait. Elle était là, dans son berceau, bien au chaud et au sec, couchée sur sa paillasse, elle suçait son pouce et respirait tout doucement en bougeant parfois les joues. Tönle avait pris la lampe à huile, qu'il tenait au bout de son bras, et il la regardait, immobile : ému, sans crainte de le montrer, il en oubliait de mordre dans la tranche de polenta et le morceau de fromage que sa mère lui avait mis dans la main.

Il revint auprès du feu, que Petar avait attisé en y ajoutant du bois sec pour qu'il s'en dégage plus de chaleur et de lumière.

— Ils t'ont jugé par contumace, lui dit le vieux. Et ils t'ont condamné à quatre ans. Heureusement, au bout de trente jours et quelques le gabelou était rétabli. Ils voulaient t'en coller pour sept ans, mais maître Bischofar t'a bien défendu, et il a fait témoigner le lieutenant Magliano. Ne te montre pas dans le coin, parce que des fois les carabiniers débarquent au hameau ; ils sont venus trois ou quatre fois jusqu'ici pour nous demander si on savait où tu te cachais.

Mais lui, ce qu'il voulait savoir, c'était comment l'accouchement et la récolte des patates et du lin s'étaient passés, s'ils avaient assez de bois sec pour l'hiver, si la vente de la laine avait été bonne, ou bien s'ils l'avaient gardée pour la filer et la tisser à la maison. Il voulait aussi savoir si Petar avait accompagné les bergers ou si, comme en entrant il l'avait vu travailler sur les douves, il était allé aux Prudeghar pour apprendre l'art de la menuiserie. Non, lui expliquèrent-ils, il n'était pas allé en apprentissage chez les artisans des Prudeghar, il avait commencé à travailler à la maison, tout seul, avec les outils de son grand-père ; et puis à la maison, il y avait de quoi faire, entre le bois et les lopins sur le Moor ; et les moutons, ils ne les avaient pas mis au pâturage du Consorzio avec les troupeaux, mais ils les avaient gardés ici, sur les terrains communaux en bail emphytéotique. Marco allait maintenant à l'école élémentaire, il descendait tous les matins au village avec les autres gamins du hameau.

Tandis qu'ils se racontaient ces choses-là, sa femme l'observait comme si elle voulait transpercer ses vêtements du regard, elle avait abandonné son dévidoir et son rouet et elle serrait fort une de ses mains dans la sienne. Elle attendait le moment où ils se retrouveraient seuls pour lui demander d'autres choses que, là, devant tout le monde, elle ne pouvait pas lui demander.

Tönle racontait sans trop développer ; puis avec une certaine nonchalance, il retira sa ceinture, la décousit à l'aide de son couteau et fit tomber dans sa main les guldens d'argent qu'il y avait enfilés.

— Je les ai gagnés en vendant des estampes dans pas mal de villages, dit-il.

Il les compta sous les yeux de sa famille : il y avait là trente pièces sonnantes et trébuchantes de vingt guldens chacune, une somme rondelette, presque un capital ; il les tendit à sa femme en lui disant :

— Prends donc ces sous, ils te serviront pour la maison.

D'une autre cachette il tira encore dix florins, qu'il remit à sa mère sans dire un mot.

Il revint auprès du berceau pour regarder la petite Giovanna qui dormait toujours, et tendit une main pour la caresser ou la réveiller, mais il suspendit son geste à quelques centimètres de son visage rougeaud. Il lui sembla qu'elle lui souriait, et il s'illumina à son tour.

Quand il retourna devant le feu où le reste de sa famille attendait qu'il continue son récit, il se souvint qu'avant d'entrer il avait laissé quelque chose à l'extérieur. C'étaient deux estampes qu'il n'avait pas voulu vendre parce qu'elles lui plaisaient et qu'il souhaitait les encadrer pour les accrocher de part et d'autre de l'âtre. Il les déroula pour les leur montrer à la lueur des flammes.

L'une d'elles représentait une meute de loups attaquant un traîneau qui filait en pleine nuit dans une forêt enneigée. Les chevaux fous de terreur étaient maîtrisés à grand-peine par le conducteur de l'attelage, qui avait perdu son bonnet de fourrure et tâchait, à l'aide de son fouet, de tenir éloigné un loup qui s'apprêtait à happer un cheval. On voyait les yeux d'autres loups rougeoyer entre les troncs, comme des lumignons dans les ténèbres. À l'arrière du traîneau, un homme barbu, agenouillé dans la marchandise jetée en vrac, tirait avec un long fusil sur les loups lancés à leurs trousses. L'éclair rougeâtre qui sortait du canon déchirait les ténèbres, et on comprenait que la balle pénétrait dans la gueule grande ouverte du loup prêt à bondir sur le traîneau. Une bête se tordait par terre et, plus loin, une autre gisait dans la neige, morte.

Mais en regardant, on avait aussi l'impression d'entendre les hennissements des chevaux, le sifflement du fouet, les cris des loups, le coup de fusil. Ils étaient tous fascinés par cette histoire ; d'abord, ils avaient regardé l'ensemble, puis tous les détails que Tönle leur montrait du doigt.

— Père, est-ce que vous êtes allé là où il y a des loups ? lui demanda Marco.

— Je suis allé jusqu'aux Carpates, et là-bas il y en a. Mais ils ne s'en prennent aux traîneaux que l'hiver, quand ils sont affamés.

Le silence se fit, et ils regardèrent tous en direction de la porte. Dehors, on entendait une chienne aboyer à la lune, mais d'une voix amicale.

Tönle déroula la seconde estampe : c'était une chasse à l'ours. Un ours gigantesque se détachait sur une montagne boisée en arrière-plan ; dressé sur ses pattes arrière, il se battait contre une meute qui l'assaillait. Deux chiens le mordaient, d'autres sautaient autour de lui, d'autres encore gisaient dans l'herbe, blessés, il y avait du sang dans l'herbe, sur l'ours, sur les chiens. Un chasseur à l'expression hardie brandissait un coutelas et un autre tenait son fusil braqué, attendant le bon moment pour presser la détente. Un jeune homme sans armes s'éloignait, portant dans ses bras un chien au ventre lacéré et sanguinolent : son visage tourné vers l'ours, bouche bée, exprimait une grande stupeur, et de la pitié.

Ils admirèrent longuement cette estampe aussi à la lueur du feu, et l'un soulignait la masse impressionnante de l'ours, l'autre le courage des chiens, l'autre l'audace des chasseurs.

— Je vais leur faire deux beaux cadres, dit enfin Petar. J'ai un bout de planche en mélèze, avec des nœuds vivants : ils seront bien beaux à regarder.

Ce soir-là il put enfin se coucher dans son lit, avec sa femme auprès de lui et leurs deux enfants les plus jeunes dans leurs berceaux côte à côte. Il ne s'aperçut pas du froid car leurs corps eurent tôt fait de se réchauffer. Le gel avait brodé de fantastiques rideaux sur les vitres, et la lumière de la lune réverbérée par la neige se répandait dans la pièce, pâle et tamisée, faisant scintiller la gelée blanche des murs comme mille étoiles, si bien que l'on se serait cru couché dans un ciel tiède. Plusieurs fois il aima sa femme, puis il s'endormit, une main posée en coupe sur son sein.

Il fut réveillé par les premières lueurs de l'aube, et le son des cloches en fête, et les groupes de personnes qui, des hameaux, se rendaient au village en chantant l'hymne de Noël. Les couplets se croisaient dans l'air de verre, et le chant lui parvenait tantôt fort tantôt faible ; il n'arrivait pas à entendre les paroles même en tendant l'oreille mais, en fonction d'où et de comment les voix lui parvenaient, il pensait : tiens, voilà les hommes de l'Ébene, et là les femmes du Bald et des Prudeghar. Il se souvenait quand, gamin, il allait lui aussi chanter par les chemins – la neige crissait sous les clous de ses souliers. Par la mémoire, il accompagnait les chœurs en répétant les paroles de cet hymne ancien :

Darnaach viärtansong iahr
az dar Adam hat gavêlt
ist kemmet af disa belt
dar ûnzar libe Gott...
. . . .
Gabüart in bintar zait
in armakot, un vrise
z'öxle alloan, mit plise,
un z'esele haltenz barm...
Oh Gott ba d'allez môghet!
Von eüch beghen ist hûmmel
d'earda, dar gliz, dar tümmel
un Iart gabûart so arm!... *

Les cloches avaient cessé de sonner. Sa femme sortit du lit et s'habilla à la hâte pour descendre allumer le feu, comme tous les autres matins de l'année. Il entendit Petar parler à voix basse, puis ouvrir et refermer la porte, et des voix sous les fenêtres : des garçons et des filles qui se hélaient. Et puis il entendit chanter :

Gasegt an stearn in hûmmel,
drai mann von morgond lantar
in könighe gaväntarn
*leghensich af an bek*** ...

* "Quatre mille ans après / qu'Adam a péché, / en ce monde est arrivé / notre Dieu bien-aimé... / Au cœur de l'hiver il est né/dans le froid et la pauvreté/seul un bœuf qui se tenait à son côté/et un âne l'ont réchauffé... / Ô Dieu tout-puissant ! / Vous avez créé la terre / le ciel, l'éclair, le tonnerre, / et vous êtes né dans la misère !..."

** "Ayant vu une étoile dans le ciel, / trois hommes depuis l'Orient / en vêtements royaux, / se mettent en chemin..."

— Allons bon, pourquoi les gamins commencent par ce couplet, alors que c'est un des derniers ? dit-il. Et il se leva.

Trois mois de patience commencèrent pour lui : il ne pouvait pas se montrer pendant la journée, quant à descendre au village, inutile d'y penser ; après le souper seulement, il lui arrivait de pousser jusqu'à l'étable des Nappa, où les hommes du hameau se retrouvaient pour causer. Ils parlaient de leurs expériences de travail, des saisons, des rencontres qu'ils avaient faites en arpentant les routes du monde, des mœurs des gens, du caractère des femmes étrangères. Mais il faut dire que même les habitants de la plaine au pied de nos montagnes étaient considérés comme des étrangers !

Certains, qui travaillaient sur les chemins de fer, étaient allés jusqu'en Anatolie, et ils racontaient que la nuit, pour se protéger des loups, ils devaient allumer de grands feux aux abords de leurs baraques, et qu'ils devaient travailler sous la surveillance des soldats car des bandits bulgares et macédoniens venaient faire des razzias.

Parfois, ils chantaient à mi-voix la chanson des *eisenponnars* – les terrassiers qui aplanissaient les montagnes et construisaient des ponts au-dessus des rivières pour y faire passer la voie ferrée :

Et le matin à l'aube
on entend les trompettes résonner
ce sont les eisenponnars *qui s'en vont*
salut ma belle brune, viendras-tu avec moi ?

Et les femmes qui filaient répondaient doucement :

— Je viendrai bien volontiers
mais où m'emmèneras-tu ?
— Je t'emmènerai de l'autre côté de la mer
*dans la belle maison de l'*eisenponnar.
— De l'autre côté de la mer
c'est bien loin de chez moi ;
mais je ne te laisserai pas partir seul
car j'en mourrais de nostalgie.

La chanson s'égrenait lentement, doucement, tandis que les rouets et les dévidoirs bourdonnaient comme des abeilles et faisaient vibrer l'air de l'étable, aussi chaud que si c'était le printemps.

Après cette chanson, il y avait toujours un silence, jusqu'à ce que quelqu'un qui était allé en Hongrie se mette à décrire les travaux d'excavation pour les interminables canaux d'irrigation et les chariots Decauville traînés par des files de chevaux allant par deux. Mais en Hongrie ils avaient bien de la chance d'avoir des chevaux pour traîner les chariots, parce qu'en Allemagne, où il y avait le kaiser, dans les carrières et dans les mines, c'était à la force des bras qu'il fallait les pousser !

Maintenant, Tönle ne dormait plus toujours dans son lit ; quand il rentrait le soir, il montait dans le fenil par l'échelle : si les carabiniers venaient, il lui serait facile de gagner la forêt depuis l'arrière de la maison. Parfois, quand une alerte lui parvenait de la boutique du Puller, il montait à la cabane des Pûne, où il s'était fait une bonne couche dans le foin. Son lit avec ses draps et sa femme, il s'y couchait l'esprit tranquille les nuits de grosse neige, où les carabiniers ne s'amuseraient certainement pas à venir le chercher.

Par un après-midi ensoleillé, alors que les hommes des hameaux avaient déblayé les chemins qui conduisaient au village, trois carabiniers et un sous-officier étaient montés le chercher chez lui. (Avaient-ils, par hasard, trouvé un indice de sa présence ?) Heureusement, Marinle Ballot les vit monter, alors elle prit ses seaux en étain et se hâta jusqu'au Prunnele puis, de là, chez les Bintarn pour les avertir. Tönle eut le temps de sortir tranquillement par la porte de derrière, de prendre la piste des traîneaux et d'aller se réfugier dans la forêt, sous son replat, à l'abri de la neige et des carabiniers, d'où il pouvait observer sans être vu. Les gamins ne dirent rien, et les autres habitants du hameau non plus.

D'autres carabiniers vinrent, une nuit ils firent lever tout le monde et fouillèrent la maison de fond en comble, comme la première fois.

Mais l'hiver touchait à sa fin ; les jours avaient rallongé, les pinsons commençaient à pousser leurs chants d'amour et les becs-croisés à nidifier. Le soleil était assez chaud pour faire fondre la neige sur les toits, et l'eau gouttait du chaume, formant la nuit mille bougies de glace qui festonnaient le bord du toit exposé au midi.

Les trois derniers soirs de février, ainsi que le voulait la tradition, les gamins sortirent appeler le printemps avec des sonnailles : eux aussi étaient las de la neige, des longues soirées, de l'intérieur, et comme les oiseaux et les chevreaux ils attendaient les longues journées, où le soleil serait bien haut et l'herbe bien verte. Les anciens regardaient la cendre accumulée dans l'âtre et la provision de bois presque achevée, ils disaient : "Cet hiver aussi est passé", et après le crépuscule ils sortaient regarder les feux de joie sur les sommets du Moor et du Spilleche : c'étaient les feux qui brûlaient l'hiver et indiquaient le nord aux oiseaux migrateurs. Ils écoutaient, joyeux, les gamins qui couraient pieds nus dans les prés où il restait encore quelques plaques de neige et sur les sentiers qui reliaient les maisons en chantant :

Scella, scella mearzo,
snea dehin,
gras dehear
alle de dillen lear.
Az der kucko kuck
pluut der balt ;
ber lange lebet
*sterbet alt** *!*

Quand les alouettes calandres se mirent à chanter au-dessus des cultures en terrasse soleilleuses, il quitta une fois encore sa maison et repassa la frontière. Cette fois-ci, il ne put pas reprendre seul, comme il l'avait envisagé, la vente d'estampes sur les terres de l'Empire des Habsbourg : son ami de la Valsugana n'était pas rentré chez lui cet hiver-là, va savoir où il s'était arrêté, peut-être à Cracovie

* "Sonne, sonne mars,/ au revoir la neige,/ voici l'herbe/ tous les fenils sont vides./ Quand le coucou chante/ la forêt fleurit ;/ qui vit longtemps/ meurt vieux."

ou à Kiev, et, étant donné que Tönle n'était pas un sujet de François-Joseph, on refusa de lui délivrer un permis de colportage, bien qu'il ait montré son attestation de services accomplis dans la Landwehr au commissaire impérial et royal de Borgo. Il n'avait même pas de passeport, ni d'engagement de travail à jour ; on apposa un tampon sur une vieille carte de travail, et à Dieu vat.

Il travailla dans les forêts de Carinthie où il écorça du bois, puis il travailla avec les paysans de Styrie, et les premiers mois du printemps passèrent ainsi : les plus durs ; et quand il eut amassé un petit pécule, il traversa le Burgenland et arriva en Hongrie, où il signa enfin un contrat jusqu'à décembre avec un éleveur de chevaux pour l'armée.

Cette plaine était immense, et les pâturages étaient délimités par les canaux et les rivières ; au milieu du terrain d'élevage il y avait un village avec de rares arbres, de grandes écuries, des abreuvoirs et des potagers plantés de courges et de choux. En compagnie de quelques camarades, il devait surveiller les chevaux au pâturage, faucher et faire sécher le foin, s'occuper des écuries, de la maréchalerie, des réserves de fourrage. Vers la fin septembre, la commission impériale et royale de remonte vint au village avec un inspecteur de cavalerie.

Ils firent rassembler les chevaux dans un grand enclos, et la sélection dura du lundi au samedi : étalons et juments poulinières, mâles et femelles à dresser, poulains à élever, bêtes à éliminer parce qu'elles avaient une malformation ou une maladie. Le vétérinaire de la commission avait également la tâche de trouver un cheval ambleur pour un colonel des honveds, et Tönle, qui avait repéré un très bel alezan – c'est qu'il avait acquis une certaine expérience ces derniers mois – reçut des compliments et un pourboire généreux, qui lui permit ce samedi même, le travail fini, de passer une soirée joyeuse et festive. Dans ces villages, à la fin des travaux ou de la saison, il se trouvait toujours un orchestre tzigane pour venir jouer des czardas.

En fin de compte, ce fut une bonne saison, pas tant pour la paie, qui était plutôt modeste, que pour le travail, qui lui plaisait, et pour les fêtes et les bals du samedi, et puis pour la bonne bière, et la compagnie.

Cette année-là, sur le chemin du retour, il fit étape en Autriche chez la famille de paysans où il avait travaillé à l'époque des semailles de pommes de terre et, étant donné la récolte exceptionnellement abondante et sa qualité, il en demanda une dizaine de kilos pour les rapporter et les semer chez lui. C'étaient des pommes de terre à la peau sombre et lisse, tirant presque sur le violet, et à la chair blanche et dense qui, aux dires de ces paysans, n'avaient peut-être pas un goût exceptionnel, mais avaient l'avantage de résister au temps et au gel : bref, elles ne germaient pas au printemps et pouvaient sans problème être conservées d'une année sur l'autre.

Cette année-là, il rentra chez lui à la veille de Noël avec peu de guldens d'argent, mais avec une variété de pommes de terre qui donna de bonnes récoltes pendant de très nombreuses années, et se répandit dans nos montagnes.

2

Le temps passait et, une année, il se retrouva à Prague, où il se souvint avoir entendu qu'un de ses compatriotes, Andrea Raconat, fils de sa parente Catina Pûne, s'était fait engager par l'impératrice Marie-Anne-Caroline, l'épouse de Ferdinand d'Autriche, ancien roi de Lombardie-Vénétie, qui l'avait nommé surintendant des caves impériales. En ville, il demanda des renseignements aux gendarmes, et comme Andrea Raconat avait épousé la fille aînée du podestat Sabotka, il ne lui fut pas difficile de trouver où il habitait.

Il reçut un accueil chaleureux, et son compatriote, qui n'était plus revenu dans notre petite patrie depuis 1866 et n'avait eu des nouvelles que par courrier ou par les journaux, voulut savoir beaucoup de choses sur sa famille, ses amis, ses voisins, les administrations publiques et le gouvernement, les notables du village. Il voulut aussi le garder à dîner à sa table avec son épouse et ses enfants, et malgré toutes les années passées, cet officier se montrait ému et nostalgique en parlant notre vieille langue et en entendant des termes et des noms qu'il croyait avoir oubliés à jamais. Les membres de sa famille le regardaient avec stupéfaction : ils ne l'avaient jamais vu si ouvert, si enthousiaste.

Après le dîner, ils se retirèrent tous deux dans son bureau, Andrea Raconat fit apporter deux bouteilles de vin et ils parlèrent longuement de leur enfance.

C'est ainsi que notre compatriote, qui était son parent éloigné, lui trouva une bonne place comme jardinier au château de Hradčany, dans la Malá Strana. Il aurait pu conserver cet emploi fixe à temps plein, comme on dirait aujourd'hui, mais quand la première neige tomba sur les jardins et les toits de Prague, il éprouva un besoin impérieux de s'en retourner chez lui. Ce n'est pas pour rien que, dans notre vieille langue, *bintarn* signifie “hiverneur”.

Et une grande nostalgie s'empara de lui ; la nostalgie du maigre cerisier sauvage sur le toit et de ce qui se trouvait sous les pans de ce toit de chaume : tout comme certaines forces le poussaient à partir au printemps, certaines forces le faisaient revenir à la fin de l'automne : des forces supérieures à toute volonté, comme l'alternance des saisons, les migrations des oiseaux, le lever et le coucher du soleil, les phases de la lune.

Il accomplit les dernières tâches : il recouvrit les rosiers de feuilles sèches, coupa court les tiges des fleurs vivaces, remisa dans la cave les bulbes des dahlias, enfouit le fumier dans les plates-bandes, balaya les allées. Il salua le jardinier en chef et le surintendant du château, puis descendit en ville prendre congé de son compatriote.

Ce soir-là de décembre aussi, le surintendant des caves impériales voulut le garder à dîner avec sa famille et ensuite, quand ils se saluèrent, une profonde nostalgie apparut sur son visage :

— Salue toute la famille de ma mère, lui demanda-t-il. Et notre hameau, et le Moor.

Et il y avait dans ces mots les jeux insouciants de l'enfance, la jeunesse, les feux allumés au printemps, la recherche des nids en forêt, les courses en traîneau sur la glace.

Tönle prit le chemin du retour et, comme il était en retard et disposait d'un bon pécule, pour accélérer le voyage, au lieu de se déplacer à pied, il emprunta cette fois le chemin de fer qui, en trois jours seulement, le conduisit de Prague à Trente.

À la faveur de la pleine lune de décembre et des sentiers des contrebandiers, où la neige ne s'était pas encore trop accumulée, il franchit la frontière, marcha quatre heures et revit le cerisier sur le toit.

Sa vieille mère était morte en septembre, le jour du saint patron Matthieu ; et il se souvint que ce jour-là précisément, le 21, il avait été la proie d'un étrange malaise, comme un mal-être mélancolique, une envie de rester seul dans le parc du château parmi les grands arbres qui commençaient à rougeoyer, sans souhaiter ni boire ni manger : comme cette inquiétude placide qui parfois s'empare aussi des bêtes.

Les saisons passaient et revenaient : de la fonte des neiges jusqu'aux nouvelles chutes de neige, il allait par les villages et les États des Habsbourg, travaillant au hasard de ses étapes, gagnant parfois bien, parfois moins. L'hiver, il restait terré dans sa maison, ou dans le hameau, ou dans la forêt pour faire du bois, ou dans quelque cabane pour ne pas se faire attraper par les carabiniers qui ne l'avaient pas oublié et voulaient l'arrêter pour lui faire purger ses quatre ans de prison. Mais toujours, au début de l'hiver, vers Noël, il revenait à la maison aux premières heures de la nuit, après que le soir avait avalé le cerisier sur le toit de chaume. Et quand il franchissait le seuil de sa maison, il découvrait un nouveau fils ou une nouvelle fille, que les employés de l'état civil enregistraient sous son nom en ironisant, mais l'archiprêtre était là pour couper court : ce n'était pas parce que les gendarmes du roi n'arrivaient pas à attraper le père, supposément en cavale de l'autre côté des frontières, qu'il y avait lieu d'imaginer que ces enfants n'étaient pas de lui !

Cependant, le temps marquait les visages de sa famille et de ses amis, des nouveautés se produisaient et de nouvelles idées circulaient parmi les gens de nos hameaux. À présent, ils étaient nombreux à aller travailler hors des frontières de l'État ; ils partaient au printemps, par groupes, leurs outils dans une carriole, et s'acheminaient à pied à travers l'Asstal et le Menador jusqu'à Trente, où ceux qui avaient assez d'argent pouvaient emprunter le chemin de fer. Parfois, des gamins à peine sortis de l'école élémentaire se joignaient à ces groupes, et d'un côté et de l'autre de la frontière du Termine, les douaniers les laissaient passer sans aucune formalité, tout au plus leur demandaient-ils s'ils avaient leur acte de baptême sur eux.

Mais ceux qui, en travaillant en Prusse ou en Autriche-Hongrie, parvenaient à rassembler l'argent nécessaire pour payer la traversée émigraient aux Amériques. Là-bas, écrivaient-ils, ça n'avait rien à voir : il y avait toujours du travail, et les salaires étaient plus élevés que dans n'importe quel autre pays.

On commença à parler de socialisme, d'associations ouvrières, de coopératives artisanales. Ceux qui n'avaient pas le courage de prononcer le mot "socialisme" disaient et écrivaient "socialité" mais, curieusement, les usagers des biens communaux, c'est-à-dire tous les habitants de nos communes, étaient appelés "communistes" jusque sur les documents officiels.

Sur notre terre aussi, où les gouvernants étaient choisis par le peuple depuis des siècles, deux partis se formèrent qui, sous la dénomination de progressistes et de modérés, cachaient en fait les intérêts de quelques familles de notables : aussi se produisit-il ce qui ne s'était jamais produit en huit cents ans de libre gouvernement. Discordes, conflits, querelles, fuites à l'étranger ; et prêtres, notables, prolétaires et artisans y étaient mêlés ; et certains faisaient commerce de votes quand d'autres spéculaient sur les émigrants. On a gardé trace de cette période mouvementée grâce à quelques numéros d'un petit hebdomadaire vendu dix centimes, imprimé et presque intégralement écrit par un instituteur qui, à cause de ce qu'il écrivait, dut un beau jour embarquer pour l'Argentine à bord du vapeur *Sirio* de la société Florio-Rubattino.

Si le parti modéré fondait la "Société mutualiste", le parti progressiste fondait la "Société ouvrière"; si la fanfare des uns portait des bérets rouges, celle des autres portait des bérets verts avec une plume de faisan ; et si l'une jouait pour commémorer Garibaldi et la Porta Pia, l'autre jouait pour fêter le Statut albertin ou l'anniversaire de la reine Marguerite.

Cependant, après la crise du filage et du tissage familial (les grandes manufactures de Schio avaient vu le jour), il y eut la fabrication artisanale de boîtes en bois à usage pharmaceutique ou pour l'industrie du parfum, où les enfants et les filles âgées de dix à quinze ans pouvaient gagner, en dix heures de travail, soixante centimes par jour en moyenne.

Le journal libre dont je parlais recevait aussi des lettres dans ce genre, sans aucun doute revues par le directeur : "… Je suis dans une mine avec quelques autres personnes de mon village, cette mine est la plus productive de toute la Prusse, et peut-être de toute l'Europe. Huit cents hommes environ travaillent sous cette colline. J'ai un bon travail, mais il est très dangereux, car j'ai beau être prudent, on n'est jamais assez sur ses gardes pour se protéger de l'accident […]. Je dois me mettre en route à quatre heures du matin et marcher pendant quarante minutes dans le cœur de la montagne : pour arriver à mon poste de travail, je dois descendre 2 300 mètres en partant du pied de la montagne […]. Et pendant dix heures je ne peux pas sortir, et quand je sors je suis faible et épuisé par l'excès de travail et l'air vicié que l'on respire là-dessous. Combien de jeunes gens âgés de vingt à trente ans je vois qui ont l'air d'en avoir cinquante ! Ils travaillent presque tous là-dedans. Et puis, en plus de l'air vicié, il y a autre chose d'insalubre pour le corps : la lampe qui, quand on l'allume, émet une fumée qui entre dans l'estomac, et ceux qui ne la purgent pas doivent s'enfuir ou mourir. Grâce à Dieu, moi je la rejette, et mes compatriotes aussi ; mais on en voit beaucoup qui sont détruits…" Et un autre mineur, écrivant d'Algringen : "… Je travaille à presque mille mètres dans la montagne. Le matin, je sors de chez moi à cinq heures en priant Dieu qu'il me garde du danger. J'entre dans la galerie et je sue sang et eau toute la journée jusqu'à cinq ou six heures de l'après-midi. Ensuite, je m'en retourne au baraquement, bien content d'avoir gagné cinq lires dans la journée, parfois plus, parfois moins…"

L'hiver, dans les cafés du centre, les mineurs et les *eisenponnars* discutaient de ces choses-là en buvant du vin. Tönle Bintarn, qui pour sûr ne pouvait pas se montrer en leur compagnie, restait terré dans le hameau et, parfois, le soir, dans les étables, il discutait à voix basse du *Manifeste des communistes* qu'il avait lu en langue allemande l'année où il avait été travailler dans les mines de Hayingen.

Ces années-là, quelques personnes aisées, pas encore riches mais pour sûr rusées, se rangèrent du côté du parti ouvrier des Bérets rouges pour pousser le peuple à faire "*tolbar*" de tous les anciens biens communaux : c'est-à-dire se partager toute la propriété des forêts, des pâturages et des terres arables. L'objectif de ces fauteurs de trouble était évident : une fois le grand patrimoine commun divisé, il serait facile d'acheter les anciens biens de la communauté aux prolétaires émigrants et affamés, et à vil prix, en nature : orge, farine ou fromage. À ces faux progressistes qui se servaient des Bérets rouges s'opposaient les "mollasses", à savoir les conservateurs qui, certes, acceptaient un certain progrès, comme l'école pour tous, le télégraphe, l'éclairage public, mais regardaient l'agitation des classes pauvres avec crainte et méfiance. Mais, de tous, ceux qui remportaient la mise, c'étaient les entrepreneurs qui obtenaient les adjudications pour les travaux de fortification militaire.

Cependant, le nouveau siècle était arrivé, le XXe, et il y eut une grande fête au village. Les pompiers volontaires de la caserne de Vitadoro avaient tous été mobilisés et, après avoir astiqué et testé échelles, pompes, lances et tuyaux, puis vérifié leur bon fonctionnement, ils enfilèrent leur uniforme d'apparat. Cet après-midi-là, ils arrivèrent au centre du village précédés par de joyeuses bandes de garçons et de filles et par le tintement des grelots et le pas des six chevaux qui, tout pimpants, tiraient les charrettes avec l'équipement. Aux coups de sifflet longs et brefs du commandant moustachu et à ses ordres secs comme des coups de fouet, les volontaires bondissaient pour amarrer les lances aux tuyaux, tester les pompes manuelles qui récupéraient l'eau du Pach et, enfin, sous les regards admiratifs du public et anxieux des jeunes filles, ils dressèrent et appuyèrent leurs longues échelles flexibles contre les plus hautes maisons du centre de notre village, car l'on craignait que les feux d'artifice qui seraient tirés depuis la Gaiga au cœur de la nuit embrasent les toits de chaume et de bois, et détruisent tout. Enfin, quand l'essai se fut achevé parmi les *ooh !*, les *attention !* et les commentaires, tout ce monde se rendit au café de la Faiona, où le maire commanda du vin presque à volonté.

La première à arriver fut la fanfare des chasseurs alpins, juste après la soupe de dix-sept heures, et tous les gamins qui attendaient devant la porte les reliefs du "repas spécial" du jour partirent à sa suite en battant le tempo de la marche sur les conserves vidées en deux temps trois mouvements. La fanfare des Bérets rouges arriva peu après, mais les musiciens multipliaient déjà les couacs pleins d'allégresse : ils étaient partis de l'extrémité de notre long village et avaient fait étape dans chaque taverne pour s'humecter les lèvres, si bien qu'ils peinaient à trouver l'embouchure de leurs instruments. En revanche, la fanfare villageoise et la fanfare brune avaient un répertoire sérieux et jouèrent du Verdi et du Puccini, avec des duos des deux principaux instruments à vent, ténor et soprano, qui se faisaient écho depuis les fenêtres de deux maisons situées à un bout et l'autre de la place. Et les gens applaudissaient et bissaient les deux musiciens aux puissants poumons.

Des bandes d'enfants s'étaient lancées dans une bataille de boules de neige qui n'épargnait pas le garde Frello, lequel empestait déjà la grappa le matin de bonne heure ; quant aux filles, malgré leurs petits cris, grimaces et simagrées, elles laissaient les garçons, devenus hardis et entreprenants pour l'occasion, mettre des poignées de neige dans leur décolleté.

On allait et venait joyeusement entre la Trattoria alla Torre, le Caffè al Mondo, l'Aquila Imperiale, le Circolo Alpino, la Croce Bianca et toutes les tavernes, on se hélait, on s'invitait les uns les autres à boire et à manger, comme jamais on ne l'avait fait pour les autres fêtes.

À minuit, pour la messe solennelle, la Schola Cantorum de la paroisse chanta le chœur de Lorenzo Perosi "Al Signor levate, o genti..." et, ensuite, quand tout le peuple, les autorités, les officiers et les chasseurs alpins de la garnison se déversèrent dans les rues et sur les places, on donna le départ aux grands feux d'artifice sur le sommet de la

Gaiga, lesquels effrayèrent tous les chiens des alentours, ainsi que les mésanges, les bouvreuils et les grives dans les maisons des oiseleurs.

Mais Tönle ne pouvait pas se joindre aux gens du village. Pourquoi donc se faire arrêter précisément en cette nuit de grande noce ? Et pourquoi donc fallait-il qu'il soit le seul à ne pas pouvoir participer à la fête dont on avait tant parlé pendant les longues veillées à la lueur d'un lumignon, dans le ronron des rouets et des dévidoirs ? Dans l'après-midi, il était monté sur le mont Catz, puis, depuis la forêt du Gharto, il avait traîné sur la neige, en contrebas de la croix, un gros fagot de branches mortes coupées sur pied, et il avait attendu le grand événement assis sur un tronc devant la cabane des Runz. De là-haut, il entendait les musiciens s'époumoner et le bourdonnement des voix. Quand la fantasmagorie des feux d'artifice et l'écho des pétards se furent éteints dans les montagnes et que les chiens cessèrent d'aboyer, il alluma son feu solitaire et but une gorgée de grappa à la petite bouteille qu'il avait emportée avec lui. En bas, au village, plus d'un vit son feu, et ceux du hameau, qui étaient descendus festoyer avec tous les autres, échangèrent des clins d'œil joyeux.

Mais, de même qu'il ne put passer la fameuse nuit de l'an 1900 avec les villageois et les membres de sa famille, il ne put pas davantage, quelques mois plus tard, célébrer le mariage d'une de ses filles qui épousait un Camplàn des Bôrtoni. On fit un déjeuner de noces avec du pain frais, du chocolat, du lait, et même du veau en sauce accompagné de polenta (mais ce plat était réservé aux adultes). Il l'avait mariée avec une petite dot en thalers d'argent, le trousseau avait été entièrement filé et tissé à la maison, au prix d'un sacrifice non négligeable car, trois hivers durant, au lieu de donner le linge aux Stern en échange d'autres marchandises, on l'avait gardé dans les coffres de la maison.

C'est en 1904 que notre Bintarn put enfin se montrer sur les chemins, dans les champs et dans les forêts, sans crainte d'être arrêté par les douaniers ou les carabiniers. Cette année-là, le prince héritier naquit dans la maison royale et, à cette occasion, une amnistie et une remise de peine furent décrétées.

Maître Bischofar s'occupa des démarches avec diligence et, grâce à des amis influents, il réussit à les faire aboutir en peu de temps. Enfin on pouvait souffler ! La femme de notre Tönle apporta aussitôt une douzaine d'œufs frais et un sac de pissenlits à l'avocat.

— Plus tard, dit-elle, quand mon homme sera de retour pour l'hiver, il viendra lui-même s'acquitter de sa dette d'une manière ou d'une autre.

À dire vrai, il n'avait plus l'âge de courir le monde pour travailler ; ses garçons étaient maintenant devenus des hommes, et trois d'entre eux travaillaient aux fortifications que l'État faisait construire le long de la frontière, en face de celles édifiées sur l'ordre du maréchal Conrad, déjà presque achevées. Comme la caserne défensive de l'Hinterknotto, où des chasseurs alpins du bataillon Bassano étaient en garnison, ainsi que les fortifications du Rasta et de la Laita étaient terminées depuis quelque temps déjà, on s'était attaqué aux grands forts du Lisser, du Verena et du Campolongo; mais en dépit des nombreux manœuvres, mineurs et charpentiers employés sur ces chantiers, les villageois qui préféraient franchir les Alpes tyroliennes à la belle saison restaient nombreux; et nombreux aussi ceux qui traversaient les océans, à destination de l'Australie ou des Amériques.

Bintarn qui, avec les économies accumulées au cours de tous ses travaux insolites et de toutes ces années, avait agrandi son petit troupeau, menait paître ses quarante moutons de mai à octobre, enfreignant parfois la loi quand, furtivement, il les laissait entrer dans une clairière des forêts communales; il devait veiller à ne pas se faire dénoncer en raison de ses antécédents et, la plupart du temps, les gardes forestiers, qui le savaient, fermaient les yeux.

Au cours de ses déplacements avec son troupeau, il croisa souvent M. Paul, E. von Paul, un savant autrichien féru de botanique, géologie, linguistique et histoire, qui venait depuis quelques années passer l'été dans notre village, où il logeait dans un hôtel du centre, où logeaient également des fonctionnaires et des officiers de l'armée royale.

M. Paul, connu et apprécié de tous, parcourait inlassablement nos montagnes et, quand il croisait Bintarn, il discutait volontiers avec lui, avec une curiosité bienveillante, et même, s'il le savait dans les parages, il partait à sa recherche et lui demandait de lui parler non pas en allemand, en bohême ou en vénitien, mais dans notre très vieux dialecte, même s'il devait demander la traduction dans d'autres langues de nombreux mots dont le sens lui échappait et dont il n'arrivait pas à trouver l'origine, toujours étonné par ces vocables très anciens. Mais ce savant voulait aussi connaître l'emplacement précis des rares sources de nos montagnes (comme on le sait, le sol calcaire ne retient pas l'eau à la surface, nos montagnes karstiques sont une passoire, les sources importantes sont plus bas, au pied des grandes terrasses, dans la Valsugana ou dans la plaine vénète). Et M. Paul voulait aussi connaître et découvrir les sentiers et les chemins muletiers ; tous les jours il marchait du matin au soir équipé de son sac et de son alpenstock, et se perdait parfois sur les sentiers des charbonniers qui se ramifiaient parmi les enchevêtrements de pins de montagne.

Un jour de septembre 1913, alors que les troupeaux des Vezzene passaient la frontière pour rentrer en Italie et redescendre dans la plaine, M. Paul qui, avec sa bonhomie, s'était fait beaucoup d'amis parmi les gens du village et les officiers, repassa la frontière pour rentrer en Autriche. Il fut accompagné jusqu'à la barrière par son ami Nicola Parènt, maître sculpteur d'une rare habileté et homme pacifique s'il en fut. Ils se saluèrent avec effusion après avoir partagé une bouteille de pilsener au café du Termine, sous les yeux des douaniers.

Au bout d'un certain temps, la rumeur circula au village que le cordial et sympathique M. Paul n'était autre qu'un officier de l'artillerie impériale et royale, et que son sac de montagne apparemment si inoffensif contenait des croquis et des photographies de nos fortifications, de nos montagnes, de nos routes et de nos sources.

3

Le 28 juin 1914, il y eut les coups de feu de Sarajevo, mais Tönle n'apprit la nouvelle que plus d'un mois après, de la bouche d'un charbonnier. Il était avec ses moutons sur le Zingarellenbeck, et le charbonnier s'en allait couper des pins de montagne vers la Grotta della Capra ; ils s'étaient arrêtés pour boire au filet d'eau fraîche qui coulait de la roche.

— Au village, au café de la Faiona, j'ai entendu dire qu'en Serbie le fils de François-Joseph a été tué, dit le charbonnier. Il paraît même que la guerre aurait éclaté contre la Russie et la France.

— Le fils de Franz Josef ? demanda Tönle. Mais enfin, il est mort à Mayerling en 1889, à l'époque je travaillais par là-bas, je m'en souviens ; en plus il s'appelait Rodolphe. Ce ne serait pas plutôt l'archiduc François-Ferdinand, l'héritier du trône, qui a été tué ?

— Oui, c'est ça, confirma le charbonnier. Avec sa femme, à ce qu'on raconte au café.

Bien qu'il ne soit pas allé à l'école, Tönle avait appris à lire et à compter juste ce qu'il fallait, il se faisait comprendre en trois ou quatre langues, et puis il avait toujours eu une passion pour l'histoire, du moins pour celle des pays où les nécessités de la vie le conduisaient chaque année, et pendant les veillées en Hongrie, en Autriche, en Bohême, en Bavière, en Silésie ou en Galicie, il avait beaucoup appris en écoutant les autres. Il expliqua au charbonnier :

— Ça doit être l'Autriche-Hongrie qui a déclaré la guerre à la Serbie, et alors, à cause de la question des Balkans, la Russie a dû déclarer la guerre à l'Autriche-Hongrie ; et donc l'Allemagne fait sans doute la guerre à la Russie, et la France à l'Allemagne. Mais nous, on est dans la Triple Entente avec l'Autriche et l'Allemagne…

Voilà ce qu'ils se disaient, et pendant ce temps les moutons broutaient l'herbe nouvelle, l'eau coulait des fissures de la roche et les merles à plastron voletaient parmi les pins.

Quand le charbonnier se fut éloigné par le sentier qui grimpait au Snealoch, il s'assit sur un rocher au soleil et alluma sa pipe. Mais si son regard restait posé sur ses moutons, ses pensées étaient ailleurs. Il se souvenait que, bien des années auparavant, à la caserne de Budějovice, il avait défilé en rang devant le commandant von Fabini et puis, quand on avait changé de gouvernement, à Vérone, à la caserne des Paloni, il avait défilé, toujours en rang, devant le colonel Nicola Heusch.

C'est quand même étrange, pensa-t-il, en Autriche j'avais un commandant qui avait un nom italien, et en Italie un commandant qui avait un nom autrichien. Puis, continuant de fumer sa pipe et de réfléchir, il conclut que cela n'avait rien d'étrange ; en Italie comme en Autriche, les riches ça reste toujours des riches, et, que ce soient les uns ou les autres qui commandent, ça ne change rien pour les pauvres gens. C'est toujours à eux de travailler, d'être soldats et de mourir à la guerre. Mais peut-être qu'en Allemagne il y aurait la révolution prolétarienne, comme l'avait expliqué Marx dans son *Manifeste* qu'il avait lu avec les mineurs. En quelle année, déjà ? 1890, peut-être. Lui, évidemment, il ne serait pas mobilisé. Par qui, d'ailleurs ? Von Fabini ou Heusch ? Ses fils qui étaient restés ici, eux oui, ils le seraient. Il vit au loin une colonne de chasseurs alpins qui cheminait lentement sur la crête du Kempel ; parmi eux il devait y avoir son fils Matío, qui faisait son service militaire dans le bataillon Bassano.

Cet été-là, les chasseurs alpins en garnison et les batteries transportées à dos de mulet ne furent pas les seuls à manœuvrer dans nos montagnes, d'autres unités vinrent aussi, bien que discrètes. Des campements apparaissaient en lisière des forêts, des cuisines roulantes fumaient ; chaque jour, au polygone du Petareitle, les tireurs s'exerçaient et les sapeurs marquaient les points sur les cibles. Pour faire du bois ou travailler aux champs, les femmes et les jeunes filles partaient toujours en groupe, car, à ce qu'elles racontaient, les soldats napolitains (et par ce terme on désignait tous les militaires jugés du sud, Toscane comprise) étaient plutôt agressifs. Mais il est vrai que chacun voit midi à sa porte, parce qu'il s'en trouvait certaines qui, le soir, allaient chercher les campements. L'argent circulait en abondance, car l'approvisionnement pour les militaires, le retour de nombreux *eisenponnars* à cause de la guerre, les travaux pour les routes et les fortifications, les blanchisseries, les commerces et le change avaient créé une sorte d'euphorie générale, si bien que les cafés, les hôtels équipés d'une sonnette de comptoir électrique et le cinéma-théâtre Eden étaient toujours bondés jusque tard le soir, ou jusque tôt le matin selon le point de vue, il s'en échappait des chants et des cris, des rires et des disputes, et le vieil archiprêtre chenu, qui s'était battu contre les Autrichiens en 1848, lançait l'anathème depuis sa chaire sur cette euphorie générale, cette décadence morale.

Mais Tönle Bintarn faisait paître ses moutons à l'écart de toute cette agitation ; souvent, dans sa solitude, il repensait à ce que le charbonnier lui avait raconté et à ce que la vie lui avait appris ; et peut-être parvenait-il à situer les événements en cours dans un vaste panorama historique – la solitude, la montagne ? – qui échappait peut-être à la majorité des gens parce qu'ils étaient plongés dedans.

Un jour qu'il était avec son troupeau sur le Boalgrüne, il vit monter vers lui une patrouille de soldats qui, de loin, se mirent à l'appeler et à agiter les bras à son intention. Il ne s'avança pas, et se contenta de se lever pour mieux les observer. Quand ils passèrent entre ses moutons, son chien se hérissa et émit un grognement sourd, il l'appela à mi-voix à ses pieds et attendit, impassible.

L'officier arriva en tête de la patrouille, en nage, sa veste déboutonnée au niveau du cou, où était nouée l'écharpe blanche réglementaire. Une fois devant lui, il retira son képi et s'épongea le front. À ses galons, Tönle comprit que c'était un lieutenant de l'artillerie de campagne. Ses soldats l'entouraient en silence, et Tönle attendait qu'il parle. Enfin, l'officier dit que le lendemain il devrait évacuer les lieux avec ses moutons et descendre dans la forêt du Dhorbellele, car ils allaient faire des exercices de tir ici même.

Quand Tönle fit observer que le pâturage était interdit dans la forêt du Dhorbellele, le lieutenant répondit qu'ils s'étaient entendus avec les gardes forestiers et avec M. le maire, et qu'il pouvait donc y aller en toute tranquillité. Tönle marmonna sa pensée dans sa barbe, convaincu d'une fatalité imminente : si le pâturage des moutons était permis dans une forêt où la pâture était interdite, et si les militaires tiraient au canon sur les pâturages des moutons, l'ordre des choses était bouleversé, et si de plus cela avait lieu ici, à la frontière avec l'Autriche, pays avec lequel on avait un pacte, il fallait bien en conclure que des temps houleux se préparaient. Il marmonna tout cela dans une langue incompréhensible pour eux ; l'un d'eux dit d'une voix forte :

— Qu'est-ce qu'il raconte, ce vieux sauvage ?

Le lieutenant avait peut-être l'intention d'ajouter quelque chose, mais le regard ironique et dur de Tönle l'arrêta.

Les soldats passèrent une demi-heure avec lui et mangèrent du pain et de la viande en conserve. Le lieutenant lui demanda de lui vendre une agnelle pour la table des officiers, ce à quoi il répondit que les agnelles étaient nées pour grandir, mettre bas et donner de la laine, pas pour être mangées par des officiers. Un soldat, resté silencieux jusqu'alors, attendit que les autres s'éloignent pour le questionner sur ses brebis : combien il en avait et combien d'agnelles, jusqu'à quand il resterait dans ces pâturages à si haute altitude où l'herbe était bonne, quand la neige tomberait ; il fit ensuite remarquer que ces brebis étaient plus grosses et plus robustes que celles de son village et que leur laine était plus épaisse, et aussi que leurs mamelles étaient moins développées. Est-ce que c'était parce qu'il ne les trayait pas ? Quand Tönle eut répondu, il dit que lui aussi était berger dans son village, de l'autre côté de la mer, en Sardaigne, et qu'il n'aimait pas être soldat.

Cependant, ses compagnons s'étaient arrêtés plus bas et l'appelaient à grands cris ; alors il salua le vieillard d'un signe de tête, presque une révérence, et partit au pas de course vers la vallée.

À quel moment la guerre avait commencé, il l'apprit un jour de la bouche de deux hommes du village, Stefano et Toni Haus, qui étaient montés là pour chasser les coqs. Il connaissait bien ces deux chasseurs, ça faisait des années qu'ils venaient le voir chaque automne pour savoir où étaient les nids, c'était l'occasion de fumer une pipe ensemble et d'échanger quelques mots. Et puis ils n'étaient pas comme ces comtes de Venise qui venaient chasser en gants blancs, avec un serviteur noir qui portait leur sac de montagne et leurs fusils : ils demandaient qu'on leur passe leur fusil quand leurs chiens étaient à l'arrêt et ils le rendaient à leur serviteur après avoir tiré. Il les avait vus agir de la sorte plusieurs fois, et il n'aimait pas ça, alors il les évitait, même si la fois où, surpris par une chute de neige, ils s'étaient réfugiés dans sa cabane, ils avaient tenu à lui laisser deux lires d'argent pour le bois qu'ils avaient utilisé.

Quand Stefano et Toni Haus le trouvèrent au col de Bisen-Stoan, c'était de bon matin, et il avait allumé un feu pour réchauffer la polenta de son casse-croûte. Ils lui racontèrent que l'Autriche avait déclaré la guerre à la Serbie et la Russie à l'Autriche et l'Allemagne à la Russie et la France et l'Angleterre à l'Allemagne. Bref, c'était la pagaille dans toute l'Europe, et presque tous les jours de nombreux hommes du village étaient mobilisés.

Tönle écoutait en silence, il pensait à sa discussion avec le charbonnier et avec le lieutenant d'artillerie ; à ses fils, au berger sarde et à bien d'autres hommes encore qu'il avait connus en travaillant sans frontières.

Stefano et Toni mirent eux aussi leur polenta sur la braise, non sans lui avoir d'abord demandé la permission. Ils parlèrent de gibier, voulurent savoir où il avait levé les coqs et les perdrix des neiges la dernière fois. Ils mangèrent ; ils sortirent de leur poche les vessies de porc contenant leur tabac de sentier et fumèrent leur pipe en silence ; ils burent un peu d'eau.

Tönle tapota le foyer de sa pipe contre la paume de sa main et indiqua de son bâton la clairière entre les pins de montagne où il avait levé deux ou trois coquelets de l'année, puis la pente couverte de pierres et d'herbe jaune où il avait vu les perdrix des neiges se nourrir.

— Peut-être, dit-il ensuite, comme si son esprit s'était arrêté sur cette pensée, que les gouvernements se font la guerre parce qu'ils ont peur que les peuples se réveillent et deviennent trop puissants.

— Les journaux racontent qu'il faut libérer Trente et Trieste et nos frères qui sont de l'autre côté de la frontière, lui répondit Stefano.

Tönle regarda au-delà de la ligne de montagnes qui marquait la frontière, et ses moutons qui paissaient tranquillement, puis il secoua la tête et répondit seulement :

— Eh bien.

Ils se saluèrent, se promettant de se revoir pour manger ensemble de la soupe de tripes à l'Aquila Imperiale le jour de la foire de la Saint-Matthieu.

Il est de tradition depuis des siècles que, le 21 septembre, bergers, charbonniers et bûcherons se retrouvent pour festoyer et que, après la messe solennelle, ils fassent la tournée des tavernes en joyeuses bandes, s'occupent des achats et des ventes nécessaires pour affronter l'hiver, tirent le bilan de la saison passée et préparent celle à venir. Mais cette année-là, en 1914, on ne parlait pas tant des affaires que de la guerre et des nouvelles qui arrivaient chaque jour au village par les journaux. Dans la boutique du Puller, on ne discutait pas tant de la contrebande et des douaniers que des Balkans, des Détroits, de l'Allemagne, de la Russie, de la Belgique, et souvent on mentionnait des villes où nos mineurs et nos *eisenponnars* étaient partis travailler.

Tönle Bintarn était descendu avec ses moutons aux pâturages communaux ; il les avait tondus sur l'aire du Gharto, et, le jour de la foire, lorsqu'il négocia le prix de la laine avec les marchands, il en tira une somme qu'il n'aurait jamais osé espérer. Mais cela ne lui parut pas bon signe, car, quand l'argent abonde, il a peu de valeur. Ce soir-là – il s'était toujours accordé la soirée du 21 septembre, même quand il sillonnait les routes du monde et qu'il ne pouvait pas rentrer chez lui –, il avait bu quelques rouges de trop, et c'était comme s'il mesurait la largeur de la route en marchant avec son chien, qui le devançait et s'arrêtait de temps en temps pour l'attendre ; il croisa des soldats en quartier libre qui lui lancèrent une plaisanterie. Au hameau des Grebazar, il fut rejoint par Bepi Pûn, un apprenti berger qui, avec l'argent gagné pendant la saison, s'était acheté à la foire une paire de souliers en cuir aux semelles bien ferrées, et les portait, tout fier, attachés autour de son cou.

Ils cheminèrent ensemble et Bepi écouta Tönle faire de drôles de soliloques sur la guerre, le prix de la laine, les soldats, le château de Prague, Rodolphe d'Autriche, les estampes qu'il avait vendues autrefois sur les routes, les chevaux hongrois ; le tout dans une joyeuse confusion. De temps en temps, il s'arrêtait au milieu de la route et, s'appuyant sur son long bâton de berger, il concluait chacune de ses pensées confuses par : "Bigre ! J'en ai vu de belles, mais toi, *maindar kindar*, tu en verras plus que moi !"

Il arriva chez lui et, quand il entra dans la cuisine où le bois brûlait dans l'âtre mais où la lampe n'avait pas encore été allumée, il remarqua aussitôt que sa femme n'était pas là à l'attendre, alors une angoisse et un triste pressentiment lui serrèrent la poitrine, et l'effet du vin bu à la foire se dissipa sur-le-champ. Ce n'était pas sa femme qui remuait le contenu du chaudron en bronze, comme il l'avait toujours vue faire depuis la mort de sa mère, mais sa bru, et ses petits-enfants regardaient le feu en silence. Et son fils

Petar n'était pas là en train de fumer sa pipe après s'être occupé des bêtes. Il s'approcha du feu, regarda sa belle-fille en silence, l'interrogeant du regard, et elle répondit par un signe de la tête, comme pour dire : "Elle est là-haut, dans la chambre."

Il monta quatre à quatre l'escalier en bois, dans le couloir la porte de la chambre était grande ouverte, et une lampe à huile pendait d'une poutre au-dessus du lit. Sa femme était couchée dans le grand lit en sapin, elle paraissait fluette, minuscule, elle respirait péniblement et son visage était tout flétri. Petar était au pied du lit, immobile.

Il prit une main de sa femme entre les siennes, elle était sèche et froide, ses veines étaient saillantes et dures ; elle ouvrit les yeux et essaya de lui sourire. Petar dit :

— J'ai envoyé Carlo appeler le docteur. Vous ne l'avez pas croisé ? Quand on est rentrés de la foire, elle a voulu venir sur le Moor avec moi pour ramasser les patates. Quand le soleil est tombé, elle s'est sentie mal et je l'ai ramenée à la maison sur mon dos. Elle dit qu'elle a froid ; Brigida lui a mis une brique chaude au fond du lit.

Tönle hocha la tête et se fit approcher la chaise. Il restait immobile, à la regarder en tenant ses mains froides entre les siennes ; elle avait entrouvert les yeux ; son nez semblait être devenu tout fin, ses rides s'être étrécies et multipliées, ses joues s'être creusées ; la couleur hâlée de sa peau virait au cendré, et ses cheveux retenus sur sa nuque par un peigne d'os la gênaient peut-être parce qu'elle dégagea une main de celles de Tönle pour essayer de les détacher. Avec délicatesse, Tönle la redressa un peu sur l'oreiller.

Toute la maisonnée était devenue silencieuse, les gamins se taisaient et sa bru se déplaçait sans bruit dans la cuisine, si bien qu'on entendait jusque dans la chambre le murmure du feu dans l'âtre. Tönle regardait ce visage et ces mains posées sur la couverture, et il se rendait compte du temps, et de la vie qui avait filé : celle de sa femme, la sienne propre, celle de ses parents, de ses enfants, et celle de ses petits-enfants et arrière-petits-enfants filerait elle aussi.

Le chien de Cesare aboya dans la nuit, il entendit le docteur qui entrait en bas et les pas de son fils et de son petit-fils. Puis un autre pas : celui de son fils Matío qui était chasseur alpin en garnison au village. Il pensa : "Petar et Matío sont ici, mais Cristiano, Engele et Marco sont en Amérique ; Giovanna arrivera sous peu."

Le docteur monta l'escalier et vint auprès du lit, il fit approcher la lampe. Il prit son pouls, puis il écouta son cœur en posant une oreille sur sa poitrine maigre, il approcha davantage la lampe pour regarder ses yeux ; il la fit asseoir dans le lit puis tapota et écouta son thorax et son dos :

— Avez-vous mal ? demanda-t-il.

— J'ai juste froid et je me sens un peu faible, répondit-elle.

— Que dit-elle ? s'enquit le docteur, qui était jeune et ne comprenait pas notre langue.

Tönle traduisit.

Ils descendirent dans la cuisine, et le docteur écrivit son ordonnance sur la table. Petar le raccompagna au village, puis il alla chercher les médicaments à la pharmacie.

Elle refusa tout remède, et n'accepta qu'un peu de lait de brebis allongé avec de l'eau d'orge (c'était ainsi qu'on sevrait les nourrissons).

Deux jours après, elle ferma les yeux. Don Tita Müller vint lui donner l'extrême-onction et, au bout de trois jours supplémentaires, elle arrêta de respirer. Le prêtre revint avec son surplis et son étole, accompagné du sonneur de cloches avec la croix et le cheval harnaché de noir et de jaune ; tout le hameau et les hameaux avoisinants l'accompagnèrent sur la colline derrière l'église, où depuis trois siècles ils allaient tous reposer. Quand il rentra, Tönle mesura combien la maison était vide dorénavant, ainsi que le lit qu'ils avaient occupé pendant de si nombreuses années, même si la nécessité l'avait tenu éloigné la plupart des mois de l'année.

Parfois, il croyait la voir attiser le feu dans l'âtre ou trier les pommes de terre dans la pénombre de la pièce : il l'appelait, mais alors sa silhouette disparaissait, et il se sentait seul.

Cet automne-là, la récolte avait été bonne : les pommes de terre belles et nombreuses, le seigle et l'orge abondants, et le fenil débordait de foin odorant. Tönle menait ses moutons paître dans les communaux et sur les terrains emphytéotiques en lisière de la forêt communale ; aux belles heures de l'après-midi, après l'école, certains de ses petits-enfants le rejoignaient, les enfants de Petar ou de Giovanna et, après avoir laissé les moutons dans l'enclos autour de la bergerie de la Gluppa, ils allaient ensemble dans la forêt du Hano ramasser les feuilles mortes des hêtres qu'ils rapportaient le soir à la maison, dans de grandes besaces : elles serviraient à faire une litière aux bêtes pour l'hiver, puis du fumier au printemps.

En novembre il neigea, puis la pluie dénuda la terre et un beau soleil vint faire refleurir les pâquerettes sur le Spilleche. Aux heures chaudes du jour, la gelée blanche s'évaporait en fumant au-dessus des terres arables, et maintenant qu'avec la guerre tous les émigrants étaient revenus, on voyait de nombreux hommes travailler au défrichage des pentes : après avoir serpé les taillis de genévrier et de vinettier, ils piochaient le terrain, mettaient l'herbe et les racines d'un côté, la terre noire de l'autre, ils entassaient les cailloux, ensuite avec les plus gros d'entre eux ils construisaient un muret en pierres sèches, et mettaient les autres cailloux, le gravier et la terre dans le creux derrière le muret ; ils écobuaient les mottes de terre, les racines et les buissons : le résidu de la combustion était un excellent engrais. Ainsi la terre était prête pour les semailles et promettait une récolte abondante les deux années suivantes ; seulement, cette préparation demandait jusqu'à plusieurs semaines de travail pour quelques dizaines de mètres carrés.

Comme toujours depuis qu'il ne devait plus passer la frontière, en ce printemps 1915, notre Tönle épandait le fumier dans les champs ; ce n'était pas lui qui le portait, non, il n'était plus capable de hisser la hotte sur son dos ; par contre, il rentrait chez lui avec un fagot de branches mortes pour l'âtre, qui en était toujours avide. Mais sa véritable passion c'était toujours d'être avec ses moutons dans les pâturages ; il identifiait chacun d'eux à la couleur de sa laine et à son bêlement, même s'ils se ressemblaient tous ; il connaissait aussi le caractère de chacun : celui qu'il fallait garder à l'œil parce qu'il avait l'habitude de s'éloigner du troupeau, celui qui se jetait voracement sur l'herbe nouvelle mouillée de rosée et risquait d'avoir la panse gonflée, l'agnelle qui voulait toujours téter sa mère alors qu'elle aurait dû être sevrée depuis des mois, celui qui ruminait le plus longtemps. Et son vieux chien noir n'avait besoin que d'un signe, pas même d'un mot, pour comprendre ses pensées.

Quand, dans l'après-midi, un de ses petits-fils le rejoignait, ils se disaient quelques paroles essentielles, mais si limpides, simples, naturelles, que les silences qui suivaient étaient comme des méditations sur les saisons, les travaux, la forêt, les animaux domestiques et sauvages.

Un jour, au retour de l'école, son petit-fils lui raconta que sa maîtresse Augusta leur avait expliqué que l'Italie entrerait bientôt en guerre contre l'Autriche-Hongrie pour libérer Trente et Trieste. Elle avait même apporté en classe le journal *Corriere della Sera*, où il était écrit que le grand poète Gabriele D'Annunzio avait fait un discours sur l'endroit d'où Garibaldi avait autrefois embarqué pour la Sicile, et que dans les villes tout le monde voulait la guerre.

Dans notre contrée, le printemps 1915 fut très beau, la neige avait fondu très vite sous les pluies de mars et, plus encore que les autres années, l'appel du printemps avec les sonnailles et les feux sur le Spilleche et le Moor paraissait avoir réveillé la végétation en avance : dès que la neige s'en fut allée en mille ruisseaux, tous les prés se revêtirent de blancs crocus aussitôt visités par les abeilles, et à la mi-avril les mélèzes fleurirent avec le chant du grand tétras ; début mai, les hêtres endossèrent à leur tour leur parure : un beau vert éclatant qui tranchait sur le noir des sapins ; le cerisier sur le toit était comme un ornement dans les cheveux d'une jeune fille, ou un nuage en fleur : les pétales se détachaient des branches encore nues comme de légers papillons et allaient se poser en oscillant sur le chaume qui paraissait reverdir lui aussi. Cependant, le coucou qui, comme de coutume, avait fait entendre son arrivée le jour de la Saint-Marc, volait de forêt en forêt en répétant son chant : parfois il s'approchait tant des maisons des hommes qu'il paraissait vouloir appeler quelqu'un. Sous l'effet de la pluie puis de cette chaleur insolite, l'herbe des prés poussait vite, luxuriante.

Le matin du 24, de bonne heure, Tönle avait mené ses moutons vers les pâturages habituels ; puis il s'était assis pour allumer sa pipe et savourer le jour. Il entendit d'abord comme un grondement dans le ciel, puis une explosion lointaine. Il se leva et regarda alentour ; il ne vit rien mais il entendit ce grondement et cette explosion se répéter, suivis par d'autres, plus nombreux. Alors il comprit : la guerre avait éclaté, et les forts du Campolongo et du Verena tiraient sur ceux de Luserna et de Vezzena.

Dans la nuit déjà, il lui avait semblé entendre quelque chose de semblable, mais la ligne des montagnes et les vents devaient avoir emporté l'essentiel du bruit ailleurs, car celui-ci lui était parvenu, certes, mais si lointain qu'il n'avait pas pensé à des canonnades, mais éventuellement à une mine qui explosait au loin, là où on construisait des routes en altitude, vers le Portule, où on voulait monter les obusiers de 280 à leur position. Et il s'était rendormi.

En revanche, cette nuit-là, au village personne n'avait fermé l'œil ; le commandant de la garnison et celui d'artillerie avaient reçu l'alerte dès le 23 au matin et, avant le coucher du soleil, on avait appris que l'ambassadeur de Victor-Emmanuel avait présenté une déclaration de guerre à François-Joseph.

Le lieutenant général Pasquale Oro, qui commandait le secteur, avait adressé un avis "à tous les habitants" de nos montagnes. Par des mots grandiloquents, il y exprimait sa foi en la victoire et en la libération de nos frères de l'autre côté de la frontière ; puis, plus prosaïquement, il demandait la collaboration spontanée de nos villageois avec l'armée, et si elle était demandée, elle devait être absolue et instantanée. Dans le cas contraire, il l'imposerait.

Cette nuit-là, les appelés de l'armée territoriale étaient partis vers les frontières, où les brigades Ivrea et Treviso étaient déjà sur la ligne de front. Et cette nuit-là personne au village n'était allé se coucher parce que tout le monde était dehors, les yeux levés vers le ciel, vers le Trentin et vers nos forts, où les premières flammes des batteries devaient apparaître.

Et elles étaient apparues, vers minuit. Trente secondes après la flamme, on entendait le tir et, une minute après, dans le lointain et atténuée par les montagnes, l'explosion. Il ne s'agissait pas des feux d'artifice pour la fête, cette fois, et personne n'avait envie de parler ni de commenter ; les enfants étaient cramponnés aux jupes de leurs mères, les fiancées à leurs fiancés, les vieillards les uns aux autres, fumant en silence. Non, ces flammes et ces déflagrations n'avaient rien de réjouissant : elles planaient au-dessus des maisons comme une menace obscure et inédite ; plus sinistres que les coups de tocsin annonçant les incendies ou, dans les siècles passés, les armées qui du nord descendaient en Italie par nos hameaux, semant la violence et la mort sur leur passage.

Ils attendaient sur la route le lever du soleil qui les réchaufferait un peu, nos villageois ; et après, en silence, de même qu'ils étaient sortis le soir venu, ce matin-là du 24 mai 1915 ils étaient rentrés chez eux et avaient fermé leurs portes, malgré l'usage dans notre petite patrie de toujours laisser les portes des maisons ouvertes.

C'est pourquoi ce matin-là, au lever du jour, Tönle ne vit pas les cheminées fumer ni personne s'affairer dans les potagers ou sur les chemins qui conduisaient aux forêts. Au début il n'y avait pas prêté attention mais, après avoir entendu ces détonations, il comprit pourquoi. Pour la troisième fois, il ralluma tristement sa pipe ; il éprouvait de la tristesse mais aussi de la colère, comme si la cruauté des gouvernements et des poètes qui voulaient la guerre l'avaient rendu méchant lui aussi. Les généraux, pensait-il, c'est leur métier de faire la guerre, même si faire tuer les gens est le plus vilain des métiers ; et peut-être bien qu'à vingt ans, être soldat pour un gouvernement ou un autre, c'est une sorte de jeu, une aventure, une occasion de rencontrer d'autres personnes de son âge, ou bien un prétexte pour montrer sa force, ou son goût pour la rébellion, comme le Tita Haus qu'après deux ans de compagnie disciplinaire le commandant von Fabini avait dû faire renvoyer chez lui pour irréductibilité : cette fois-là, il l'avait fait corriger devant tout le bataillon en rang et, la chose faite, le Tita Haus s'était tout tranquillement relevé du chevalet en remontant son pantalon. Le commandant avait dit : “Avez-vous eu votre compte, soldat ? Rappelez-vous que j’ai un cœur de fer.” Alors, après s’être reboutonné, le Tita Haus avait craché sur ses bottes et répondu : “Si vous avez un cœur de fer, moi j’ai un cul en bronze.” Et comme à ce stade on avait tout essayé, il avait été renvoyé chez lui.

Bon, dans ce cas on pouvait être ou ne pas être soldat, mais se tirer dessus entre pauvres gens pour se massacrer c’était impossible. Et pour qui, d’ailleurs ? Voilà ce que pensait Tönle en regardant ses moutons, en fumant sa pipe et en écoutant le canon rouler de l’autre côté de l’Ass.

4

PRESQUE tous les jours, à l'heure de la polenta, on entendait le grondement des canons à intervalles réguliers, mais la vie se poursuivait à l'identique : on fit sécher le foin dans les prés, on bina les pommes de terre, on entassa le bois dans la forêt en vue de l'hiver. Quand vint le temps du second fauchage des prés, vers les alpages de Vezzena, une attaque de l'infanterie italienne eut lieu contre les fortifications autrichiennes ; les unités étaient sorties en formation des forêts de sapins précédées par la fanfare et le drapeau, leurs commandants en tenue de cérémonie, sabre dégainé : voilà comment ils avaient l'intention d'arriver à Trente. Au lieu de quoi il y eut beaucoup de morts et beaucoup de blessés, qui furent emmenés dans le nouveau bâtiment censé servir d'hôpital pour notre peuple.

Cet été-là, pour la première fois depuis 1866, on ne fit pas de contrebande entre nos montagnes et la Valsugana, et les émigrants n'empruntèrent pas le sentier des radeliers vu que les Tyroliens, qui autrefois leur offraient l'hospitalité pendant les étapes du voyage, étaient mobilisés dans les bataillons de Standschützen postés aux frontières. Il était donc impossible de passer d'un État à l'autre parce que les soldats et les patrouilles tiraient, et pour sûr ce n'était pas comme avec les douaniers et les gardes-frontières, qui parfois vous laissaient traverser pour une lire ; maintenant, on pouvait seulement mourir, et pour un rien.

Le pâturage vers les frontières était lui aussi interdit et, pour la première fois depuis des siècles, sur une dizaine d'alpages la transhumance n'eut pas lieu. Les villageois qui n'avaient pas été appelés à la guerre, c'est-à-dire les vieillards d'une cinquantaine d'années et les jeunes gens âgés de quatorze à dix-neuf ans, avaient été recrutés comme ouvriers militaires pour creuser des tranchées et construire des routes ; et, sur les voies qui grimpaient sur les flancs des montagnes à l'abri du regard de l'ennemi, on traînait à la force des bras les canons lourds de 149, ensuite mis en batterie dans les positions sommairement protégées par des troncs de sapin, des planches de mélèze et des sacs de terre.

Avec d'autres camarades du hameau, des hameaux environnants et du village, deux des fils de Tönle, Matío et Petar, étaient postés avec le bataillon des chasseurs alpins entre Porta Renzola et le Mandriolo ; ses trois autres fils qui étaient en Amérique avaient écrit une lettre où ils disaient qu'ils ne reviendraient pas pour tirer des coups de fusil, mais seulement s'ils trouvaient un bon travail. Et si ce n'étaient pas exactement les mots qu'ils avaient utilisés, c'était pour sûr leur sens. Ainsi, à présent que deux de ses fils guerroyaient aux frontières, que trois travaillaient en Amérique, que ses filles étaient mariées, que sa femme était morte et que les années commençaient à peser sur ses jambes, notre Bintarn devait travailler plus dur; certes, ses brus et les gamins lui donnaient un coup de main et s'occupaient du potager, des lopins de pommes de terre et de lentilles, de l'orge, des poules, mais la charge du troupeau et du bois pour l'hiver reposait entièrement sur ses épaules; et même si ses moutons n'étaient pas bien nombreux, il était plus difficile de les garder à l'œil maintenant que le pâturage en altitude était interdit et qu'on l'avait autorisé dans les bois le long des sentiers et dans les clairières, car les bêtes s'enfonçaient parfois dans la végétation pour se coucher et ruminer tranquillement, et ensuite il était compliqué de les rassembler pour les faire rentrer. Et quand il faisait du bois, après un trajet avec un chargement sur le dos, il n'avait plus de jambes quand il arrivait au bout du sentier.

Mais si la guerre causait des désagréments non négligeables à nos bergers, charbonniers, contrebandiers et bûcherons, les habitants du chef-lieu, eux, y gagnaient, parce que tous les hôtels étaient occupés par des officiers et des journalistes, et les trattorias par des mess militaires; et les cafetiers, charcutiers, commerçants, boulangers, lavandières et prostituées, bref tous ceux et celles qui avaient affaire à l'armée et à sa suite, gagnaient de jolis revenus.

Dans la plaine du hameau Schbanz, on avait construit de grands hangars qui auraient pu abriter plus de cent moutons, mais à la place on y avait mis des aéroplanes arrivés du ciel. Un jour, au retour de l'école, le petit-fils de Tönle se précipita dans la forêt du Hano pour raconter à son grand-père que le poète Gabriele D'Annunzio, qui était maintenant commandant, comme le leur avait expliqué M. Müller, le directeur, avait volé à bord de ces avions jusqu'à la ville de Trente, où il avait lâché un petit mot et le drapeau italien au-dessus des immeubles. En entendant ce récit, Tönle secouait la tête et tirait fort sur sa pipe : il avait vu ces gros oiseaux survoler bruyamment l'Ass, c'était la première fois, et sa stupeur était mêlée de mépris : ça restait des engins diaboliques faits pour la guerre, en plus allez savoir combien de lires ils coûtaient et, avec cette somme, quelle quantité de farine pour la polenta on aurait pu acheter pour rassasier les gens, ou combien de moutons. Et si pour eux il y avait des frontières, à quoi servaient-elles donc, si on pouvait les franchir en avion ? Et s'il n'y avait pas de frontières dans le ciel, alors pourquoi y en avait-il sur la terre ? Et par ce "pour eux", il entendait tous ceux qui considéraient les frontières comme quelque chose de concret ou de sacré ; mais pour lui et les gens comme lui, et ils n'étaient pas si rares, contrairement à ce qu'on pourrait imaginer, ils représentaient même la majorité des hommes, les frontières n'avaient jamais existé sinon sous forme de douaniers à payer ou de gendarmes à éviter. Bref, si le ciel était libre et si l'eau était libre, la terre aussi devait être libre.

Au début de ce premier hiver de guerre, ses fils postés sur ces frontières vinrent à tour de rôle en permission. De ce fait, ils purent rapporter sur le traîneau une bonne réserve de bois qu'il avait préparée au pied de la Gluppa.

Après ces permissions, leur bataillon fut envoyé sur le front de l'Alta Carnia, car, disaient les meneurs de la guerre, on avait davantage besoin d'eux là-bas. Mais en réalité, il se chuchotait que nos chasseurs alpins avaient été transférés parce qu'ici le front était trop tranquille, et que, si près de leurs familles, ils s'étaient montrés modérément belliqueux avec l'ennemi.

Cette année-là, la neige vint assez tôt recouvrir nos montagnes, en novembre les forêts noires du Dhor étaient déjà badigeonnées de blanc ; dans les fenils sous les vastes toits pentus des maisons, on avait emmagasiné du foin et des feuilles sèches pour l'hiver, et dans les caves sous la pièce à vivre, il y avait des pommes de terre, des choux, de l'orge.

Sans les canonnades invariablement tirées vers midi par les batteries italiennes sur les fortifications autrichiennes, on aurait presque pu croire que ce premier hiver de guerre était en tous points identique à bien d'autres hivers passés. Pas au village, pour sûr, où c'était un défilé permanent de soldats, convois, chevaux et carabiniers ; le petit train à crémaillère grimpait en crachant sa fumée, chargé de munitions, d'armes et de nouvelles provenant des différents fronts de cette guerre que l'on disait déjà mondiale, comme si c'était un progrès. Un jour, on vit même arriver le roi d'Italie, Victor-Emmanuel III, habillé en simple soldat.

À Noël, on chanta les vieux chorals traditionnels ; mais seuls ceux des hameaux les chantèrent dans notre vieille langue, ce qui fit naître quelques protestations parmi les autorités militaires, qui les jugeaient anti-italiens ; si bien que pour la messe de Noël à l'église, à part l'*Adeste fideles*, on chanta des ritournelles insipides.

Les jours passaient comme feutrés par la neige, et pendant les veillées dans les étables, on ne parlait plus d'Odin, de Loki et des Esprits tutélaires que le Concile de Trente avait définitivement relégués dans le Val di Nos, ou des travaux dans des pays lointains, mais toujours de la guerre qui avait emporté les hommes aptes à travailler sur les routes du monde. Et quand il arrivait que quelqu'un meure au travail sur les routes du monde, ce n'était pas comme sur le champ de bataille : on y travaillait pour ses propres besoins et ceux de sa famille, alors qu'à présent sur les champs de bataille on mourait pour rien ; voilà pourquoi, quand les carabiniers ou l'employé communal venaient annoncer une mort, un sentiment d'amertume et de colère se mêlait au chagrin.

Dans l'étable du Nappa, à la lueur de la lampe à huile, on feuilletait lentement un hebdomadaire vendu vingt centimes : *La guerre italienne, chronique illustrée des événements*, publié par la maison d'édition Sonzogno, de Milan. Mais, vues d'ici, où la guerre était, on peut le dire, aux portes des maisons, certaines illustrations et certaines informations suscitaient le doute et la perplexité, même si les images et les mots imprimés ont parfois force de vérité absolue sur les âmes simples.

Sur une couverture, on voyait un soldat équipé d'une sorte d'armure, d'un casque, de genouillères et d'une lance, comme ces croisés ou ces Grecs à la guerre de Troie sur les estampes de la famille Remondini. Ailleurs, dans un texte, on lisait que dans un chalet occupé par nos chasseurs alpins : "… sur deux pierres du mur d'où sortait un crochet, on vit écrit en italien TIREZ ET VOUS TROUVEREZ DE L'ARGENT ! En réalité, à l'intérieur, se trouvait une bombe prête à exploser !" et, ailleurs encore, que "… les flèches pleuvant du ciel par nuées, larguées par les avions, sont des armes terribles qui, dans leur chute, acquièrent une formidable force de pénétration…" Les événements ainsi décrits et la reproduction de photographies de gigantesques canons, ou celle d'un sentier par lequel nos émigrants descendaient autrefois dans la Valsugana, accompagnée de la légende: "Le barrage autrichien dans le Trentin avec des barbelés électrifiés", suscitaient des commentaires parfois ironiques et des discussions qu'un haut commandant aurait qualifiées de défaitistes.

Les derniers jours de février, comme toutes les années précédentes, les gamins appelèrent le printemps en agitant les sonnailles des vaches et en courant pieds nus dans les prés encore enneigés; mais les autorités militaires avaient formellement interdit d'allumer des feux sur les reliefs parce qu'ils pouvaient être pris pour des signaux adressés à l'ennemi. Et c'est peut-être parce que les feux ne furent pas allumés que, au lieu du soleil et des pluies, le mois de mars apporta encore de la neige et des jours et des jours de vent froid.

Cependant on racontait que l'armée impériale préparait une offensive; il paraissait que des déserteurs de Bohême et un soldat du Trentin passés de l'autre côté des lignes avaient rapporté que l'on mettait des centaines de canons en batterie, dont certains très gros, qui tiraient des obus de dix quintaux; que de nombreux régiments descendaient du Tyrol en provenance de Balkanie et du front russe et que l'archiduc Eugène en personne et le prince héritier Charles dirigeraient l'invasion de nos terres. Mais on racontait aussi que nos commandants refusaient d'y croire.

Le printemps fut aussi soudain et doux que la fin de l'hiver avait été rude et froide: la neige fondait et le chant du coucou faisait refleurir la forêt aussi vite que les jours s'allongeaient, et dans les hameaux les femmes qui travaillaient aux potagers levaient la tête pour l'écouter, pleines de mélancolie et de désir de revoir leurs hommes que la guerre avait éloignés. Tönle Bintarn, lui, sa pipe toujours entre les dents, devenait chaque jour plus taciturne et plus sombre : il sortait de chez lui à l'aurore et ne rentrait pas avant le soir ; et, lors de ses départs comme de ses retours à sa vieille maison, il levait toujours les yeux vers le cerisier sur le toit pour voir le renflement de ses bourgeons et l'éclosion de ses fleurs.

Un soir de mai, sur le Moor, alors qu'il regardait ses moutons et le paysage avec une attention insolite et insistante, il entendit sonner le glas, long et lent. Insistants, les coups de cloche se détachaient à intervalle régulier et se dilataient au-dessus des prés et des reliefs boisés, se superposant au chant des oiseaux et au roulement lointain et maintenant habituel des canons vers les frontières. Notre doux paysage et ce son de cloche long et solitaire le bouleversaient et il se demandait qui pouvait être mort au village.

Il alluma sa pipe et, ce soir-là, il pensa à sa mort sans angoisse ni peur, comme à un repos, une halte éternelle dans un paysage comme celui-là, à regarder sans fin. Il avait dû en aller de même pour sa femme quand, à l'automne, un de leurs fils l'avait redescendue sur son dos du champ de pommes de terre.

Lorsque, après avoir enfermé ses moutons et donné une tranche de polenta à son chien, il descendit de la montagne et rentra chez lui, sa bru lui dit que maître Bischofar était mort. C'était une femme descendue au village vendre ses œufs qui le lui avait rapporté.

Assis à côté de l'âtre, il dîna d'un bol de soupe aux herbes, d'un bout de lard et de deux tranches de polenta ; puis il alluma sa pipe en regardant les braises qui s'éteignaient. Il se souvenait du vieil avocat qui l'appelait toujours mon ami, ou plutôt : *main ksèl*, et qui, chaque fois qu'il le croisait, peut-être deux ou trois fois l'an, lui parlait toujours dans la vieille langue, dont il connaissait même le vocabulaire spécifique des bergers. Tönle n'oubliait pas l'aide reçue par sa famille quand autrefois il avait dû fuir sa patrie à cause de l'incident avec le douanier royal ; aussi, pour Pâques, il lui avait toujours apporté une moitié d'agneau que l'avocat voulait chaque fois lui rendre ou lui payer d'une manière ou d'une autre. Il fumait sa pipe et regardait le feu qui s'éteignait alors que le crépuscule entrait dans la cuisine enfumée, privant les objets de leur contour. "Demain, pensa-t-il, je descendrai lui dire adieu."

Le lendemain matin, il se rasa avec soin et se lava, il sortit de l'armoire le costume de drap qu'il portait seulement pour les grandes occasions, il nettoya et graissa ses souliers et, sa pipe serrée entre ses dents noires, il descendit au village.

Le vieux nonagénaire était dans son cercueil, dans son cabinet ; les tableaux aux murs, représentant des personnes célèbres ou illustres, accompagnés d'une dédicace amicale, avaient été voilés, et c'étaient donc les étagères de livres qui accueillaient les visiteurs. Des fleurs, des quantités de fleurs : roses, narcisses, grappes de cytise, renoncules des champs, géraniums, en bouquets et dans de grands vases, occupaient tout l'espace autour des fenêtres et leur parfum couvrait l'odeur des cierges. Beaucoup de gens montaient et descendaient l'escalier de la vieille maison qui se trouvait en face du singulier "Palais des Sept" datant du XVe siècle, ou plutôt du palais des "*Siben alten Kameun prudere libe*".

Bintarn monta lui aussi l'escalier et entra dans le cabinet. Il ne prêta aucune attention à l'archiprêtre chenu assis dans un coin, aux proches et aux parents du grand vieillard dans son cercueil, aux autorités, aux gens du peuple. Il resta planté là un bon moment, comme s'il avait pris racine dans le plancher clair, se faisant bousculer et rabrouer par ceux qui voulaient entrer dans la pièce. Enfin, il dit d'une voix si forte qu'elle créa l'étonnement, sinon l'effroi :

— *Palle odar spete de leute allesamont sterben !* Tôt ou tard tout le monde meurt.

— Amen ! répondit d'une voix tout aussi forte le vieil archiprêtre depuis le coin où il était assis.

Tönle s'inclina légèrement vers le cercueil où reposait son ami, remit son chapeau et sortit à la hâte en écartant les gens pour regagner le Moor d'un bon pas.

Trois jours après, on était le 15 mai, les fleurs du cerisier sur le toit s'ouvraient et, comme des flocons de neige sur un alpage un jour sans vent, ses pétales allaient se poser sur le chaume qui couvrait la maison.

Tönle sortit de bonne heure, sur le seuil il bourra sa pipe et l'alluma, il regarda l'arbre, les prés sur la pente où l'herbe fleurie poussait, luxuriante, puis il rejoignit ses moutons. Il ouvrit la barrière, incita son chien à les presser vers le pâturage du Petareitle et les suivit de son pas toujours égal, rythmé par son bâton, les laissant brouter çà et là sur le bord du chemin délimité, vers les prés et les terres arables, par des pierres plantées.

Arrivé en haut, il s'assit au pied d'un sapin et sortit de sa poche deux pommes de terre que la veille au soir il avait fait cuire sous la cendre de l'âtre. Assis à son côté, son chien attendait sa part d'épluchures croustillantes et savoureuses.

Il lui sembla alors entendre un bruit d'avion à la frontière ; c'était un *Taube*, une “colombe”, comme on l'appelait ; puis il le vit apparaître haut dans le ciel au-dessus de notre village, aussitôt suivi par deux autres, comme pour former un triangle. Il n'y prêta guère attention, mais il pensa de nouveau à tout le travail et à tout l'argent gaspillés dans la guerre.

Elles n'étaient pas rares, les visites de ces “Taube Rumpler CI” venus de loin, peut-être de Trente ou de Mattarello, ils survolaient le village, puis repartaient après que la sentinelle sur le clocher avait donné l'alerte et que les soldats avaient tiré quelques coups de fusil inutiles. Mais cette fois, leur vol était insistant, ils tournèrent et tournèrent encore pareils à des buses au-dessus d'une poule jusqu'à ce qu'Eugenio sonne le bourdon, celui-là même qui dans les mois de canicule faisait fondre les nuages de grêle, noirs et bleus. Il sonnait le tocsin comme les trop nombreuses fois où un feu incendiait nos maisons couvertes de bardeaux et de chaume. Ces coups envahissaient le matin et à présent on n'entendait plus qu'eux, non plus le chant des oiseaux ou les avions. La voix du bourdon avait réduit toutes les autres au silence.

Tönle se leva et s'appuya à deux mains sur son bâton ; il entendit descendre du ciel au-dessus des montagnes comme le vrombissement sourd et sinistre d'un gros insecte, puis un silence absolu et, là-bas, vers l'Hort, une lueur et une épaisse fumée s'élevèrent, suivies d'un grondement à faire trembler la base des montagnes. Il en fut effaré.

C'était le "Lungo Giorgio", le canon de 350 mm qui tirait des obus de 750 kilos à 30 kilomètres ; il avait donné le coup d'envoi de l'"Expédition punitive"*.

Le grondement ne s'était pas encore éteint entre les reliefs et les vallées que, à intervalles réguliers, d'autres obus semblables tombèrent sur le village, annoncés de loin par un sinistre bourdonnement ; et ils explosaient entre les maisons, tuant, brisant murs et toits, incendiant.

De loin et en altitude, pour sûr il ne pouvait pas entendre les cris d'effroi des femmes et des enfants, les appels des soldats, les ordres des commandants, mais il se rendait bien compte de ce qui se passait au village. Il avait aussi remarqué qu'au grondement régulier des explosions, au vrombissement des avions qui restaient au-dessus du village comme des buses, s'était ajouté un roulement lointain et continu, semblable à celui d'une canonnade intense et ininterrompue. C'était parce que, vers les Vezzene, l'assaut de l'infanterie autrichienne avait débuté.

Tönle recevait tous ces tristes signaux, il imaginait les gens et le village dans la mire du gros canon et il se sentait plein d'une révolte furieuse contre les hommes et contre le monde ; fumant et jurant, il menait ses moutons vers la forêt, pour s'enfoncer dans son épaisseur et arrêter de voir et d'entendre. Mais il ne tint pas longtemps. Il fit ressortir

* Nom donné en Italie à l'offensive autrichienne lancée en mai 1916 sur le plateau d'Asiago.

les moutons avec l'aide de son chien, les enferma dans la bergerie et descendit chez lui.

Midi avait dû passer depuis peu, de nombreuses colonnes de fumée s'élevaient du village et l'odeur âcre des incendies et de l'explosif prenait à la gorge jusqu'aux fumeurs de tabac. Quand il entra dans la cuisine, il vit ses petits-enfants qui avaient filé de l'école en courant, encore échauffés et excités par cette interruption imprévue. Ils racontaient à leur mère des faits confus et effrayants et celle-ci, qui avait démoulé la polenta sur la planche à découper, allait et venait d'un coin à l'autre de la pièce à la recherche du couteau qu'elle tenait à la main.

Tönle éprouva de nouveau dans sa poitrine le mélange de rage et de mépris ressenti plus tôt, dans la forêt, et d'une voix ferme il essaya d'imposer le calme en les faisant taire et asseoir pour manger. Mais le silence était pire, car les explosions des gros obus et le grondement lointain étaient autrement plus angoissants et effrayants que les propos confus des gamins et la nervosité de leur mère. Toutefois, le vieillard était certain que les canonnades ne pouvaient pas atteindre le hameau, car le Moor formait un bouclier et toutes les maisons se trouvaient dans un angle mort.

Aux premières heures de l'après-midi, une patrouille de carabiniers arriva au hameau, mais cette fois, ce n'était pas pour arrêter des contrebandiers. Ils rassemblèrent à grands cris toute la population, une vingtaine de personnes, pour les informer que, sur ordre des autorités militaires en accord avec les autorités civiles, tous les habitants devaient quitter leurs domiciles et descendre vers la plaine, où ils trouveraient un logement et de l'assistance. Et ce, dès que possible, car le danger était grand ; qu'ils laissent portes et fenêtres ouvertes, et ne prennent avec eux que le strict nécessaire. Dans quelques jours, peut-être, ils seraient de retour. Leur annonce faite, les carabiniers s'en allèrent clamer cette consigne dans les autres hameaux.

Ce soir-là, les incendies illuminaient le ciel, et Tönle accompagna sa bru et ses petits-enfants chez sa fille Giovanna, aux Prudeghar. Il avait mis quelques objets et un sac rempli de vêtements et de couvertures sur la petite charrette à bois, et il avait noué une bourse de cuir contenant cent lires en pièces d'argent autour du cou de sa belle-fille. Là, aux Prudeghar, les familles s'étaient regroupées, femmes, vieillards et enfants partiraient avant l'aube par des routes secondaires pour éviter le village bombardé ; une fois arrivés à la forêt de la Luka, ils descendraient dans la plaine par la route du Camporossignolo. Tönle salua ses enfants, sa belle-fille et ses petits-enfants d'un ton brusque, leur grommela quelque chose signifiant que pour sa part il s'en retournait chez lui, et que si les choses tournaient vraiment mal il les rejoindrait plus tard, avec ses moutons.

Il avait vu et vécu bien des choses et des faits, mais jamais il n'avait vu les maisons des hommes dans cet état ; si vides, silencieuses et misérables. Comme une ruche abandonnée, un nid pillé ; et au milieu de toutes ces portes et de ces volets grands ouverts devant la guerre, il se barricada dans sa maison comme jamais il ne l'avait fait, pas même quand il était recherché par les carabiniers. Et il se retira dans sa chambre, barrant jusqu'à cette porte qu'il avait toujours tenue entrouverte avec une baguette de frêne.

Il ne dormit pas, et dans le grand silence de sa maison où l'on entendait les voix des poutres et du hameau qui s'exprimait par des grincements de fenêtres (oh, comme il aurait voulu entendre la pluie sur le toit et le vent léger dans les branches du cerisier !) résonnaient encore les rumeurs lointaines et voisines des canonnades et le crépitement des incendies.

Quand il se leva, il faisait encore nuit et, après avoir ouvert la fenêtre donnant côté sud, vers le village, il noua ses lacets à la clarté des flammes lointaines. Puis il sortit et gravit la montagne.

Ces feux n'étaient pas comme ceux, festifs, de la nuit du 1er janvier 1900, où, ne pouvant participer aux réjouissances avec tous les gens du village, il avait allumé son feu au pied de la croix du mont Catz : alors, tout était gaieté et fanfares ; maintenant, peur et pleurs ; et aujourd'hui comme hier, bien que concerné, il devait y participer en solitaire.

Il vit l'aube de là-haut, puis les gens s'en aller par les routes qui conduisaient des hameaux à la plaine, et des unités de soldats qui montaient de la plaine à pied ou à bicyclette, croisant nos réfugiés. Pendant ce temps, dans toute cette agitation, on entendait les rumeurs de la bataille, de plus en plus fortes.

Il bourra sa pipe, l'alluma, regarda l'heure et s'en alla rejoindre ses moutons qu'il entraîna, de nouveau, dans l'épaisseur de la forêt.

Ce jour-là, des patrouilles de soldats, de carabiniers et de douaniers passaient dans les hameaux et les maisons isolées pour vérifier que l'exode complet avait eu lieu. Mais ils trouvèrent toujours quelque retardataire qui, indifférent au danger ou plein d'une obstination ignorante, défiait les incendies, les obus et les arrêtés des généraux pour tâcher de mettre quelque chose de plus nécessaire à l'abri : de l'argent, du linge et des vêtements, ou seulement des souvenirs. La fumée était lourde au-dessus des maisons, et les géraniums aux fenêtres, les potagers, les prés fleuris n'arrivaient pas à atténuer la laideur et la tristesse de cette fumée jaune-noire ; et le chant des alouettes et des pinsons dans les recoins les plus éloignés et les plus paisibles était inaudible parmi les voix désespérées.

Dans l'après-midi, Tönle sortit dans une clairière et vit en contrebas le clocher qui brûlait aussi. Une bombe incendiaire avait frappé le clocheton, peut-être, mettant le feu aux poutres en bois auxquelles les cloches étaient suspendues ; alors, il s'écria avec rage et affliction :

— *Alle inzòart !* Tout est fini.

Et, de son bâton, il se mit à frapper un buisson. Quand il se calma, il regarda à nouveau le clocher, se souvenant que, bien des années auparavant, sa mère et sa grand-mère avaient elles aussi donné leurs boucles d'oreilles en or pour qu'elles soient fondues dans le bronze des cloches et que le son soit plus harmonieux.

D'autres jours passèrent. Il ne restait plus aucun civil dans les maisons, et les soldats envoyés en toute hâte pour endiguer l'offensive essayaient d'éviter les habitations, et on les faisait se déplacer de nuit. Tönle demeurait toute la journée dans la forêt avec ses moutons et son chien, et le soir venu, quand il ne distinguait plus le cerisier sur le toit, il sortait de la lisière du bois, aussi prudent qu'un renard, et rentrait chez lui se reposer quelques heures et manger un morceau.

Ce qu'il regrettait, c'était de ne pas pouvoir allumer le feu. Dans ces lieux abandonnés et miséreux, la nourriture abondait maintenant comme jamais au cours des siècles, car dans les maisons grandes ouvertes on trouvait des pommes de terre, du lard, des morceaux de fromage, de l'orge et des lentilles, et même quelques lamelles de viande fumée ; des poules et des lapins chétifs erraient dans les cours et les étables vides, comme s'ils cherchaient la compagnie de leurs propriétaires, et il était facile pour un soldat isolé d'en capturer.

Un soir, Tönle entra dans la maison des Pûne, autrefois remplie de gamins et de gamines et désormais béante et silencieuse. Sur le prunier devant la maison s'était installé un essaim d'abeilles que personne ne récupérerait et le porche était devenu le royaume des chats errants. Il entra dans la cuisine en disant à voix haute : "Je peux ?" comme il le faisait quand les habitants étaient là.

Il entra dans le silence, resta un peu sur le seuil et regarda l'étagère au-dessus des casseroles de cuivre où, il le savait, il y avait la bouteille d'eau-de-vie de gentiane. La bouteille était à sa place habituelle, ainsi que les deux petits verres posés à l'envers pour ne pas que les mouches les salissent. Il prit la bouteille en verre sombre et un petit verre, s'assit sur la chaise en paille à côté de l'âtre, remplit le verre à ras bord et le but en regardant la cendre éteinte. Quand il se leva pour reposer la bouteille et le verre à leur place, l'obscurité de la nuit était déjà entrée dans la maison ; il referma la porte et regarda en bas : les incendies et la fumée continuaient de s'élever au-dessus du village.

Le lendemain matin à l'aube, il voulut aller dans l'étable des Nappa. Les chaînes pendaient, inertes, de la mangeoire encore pleine de foin que les vaches n'avaient pas eu le temps de manger ; la litière était éparpillée, mélangée à la bouse. Alors il prit le balai en cornouiller sanguin derrière la porte et nettoya l'allée. Il récupéra aussi les rouets et les dévidoirs des femmes abandonnés là, et les déposa dans la pièce entre l'étable et la cuisine où, sur le métier à tisser, une toile de chanvre et de lin avait été commencée. Il fut pris de la nostalgie des veillées, de ces moments où ils se rassemblaient là pour se raconter leurs histoires et chantaient parfois la chanson des *eisenponnars*.

Dans la troisième décade de mai, les journées se firent anormalement chaudes pour la saison, et les prés se couvrirent d'herbe drue qui poussait à vue d'œil jour après jour ; et sur les terrasses cultivées, orge et seigle, pommes de terre et lin, avoine et lentilles étaient plus vigoureux que toutes les années passées, comme une revanche de la nature sur la guerre des hommes. La nuit, Tönle aurait pu mener paître son petit troupeau dans cette abondance abandonnée, mais l'idée ne lui traversa même pas l'esprit. Et il ne voulait pas non plus abandonner son endroit pour s'en aller avec ses moutons et son chien vers la plaine où sa famille et les gens du village étaient descendus depuis des jours ; il se sentait comme le gardien des biens que tout le monde avait laissés et sa présence était comme un signe, un symbole de vie pacifique opposé à la violence de la guerre. Il lui arrivait de penser à son vieil ami avocat, à qui il avait dit adieu dix jours auparavant, et à sa femme, descendue du champ de pommes de terre sur le dos de son fils le jour de la Saint-Matthieu, qui reposait à présent dans le cimetière derrière l'église. Mais l'église était presque entièrement détruite, le clocher démoli par les canonnades, les cloches brisées, et les tombes du cimetière dévastées par les bombes.

Depuis ses refuges dans la forêt, il observait le passage des soldats qui allaient au combat par bataillons et par régiments. Un jour, la canonnade se fit extrêmement violente. Puis elle cessa.

Le silence était plus impressionnant que le grondement de la bataille, et les corneilles et les corbeaux, devenus téméraires, prirent ce jour-là possession des cours, des potagers, de nos maisons abandonnées. Tönle vit des groupes de soldats en débandade, sans commandants, pour certains désarmés et même blessés, qui descendaient du Dhor en direction des Prudeghar ; d'autres, en formation, remontaient à travers bois et empruntaient en silence les sentiers vers les plus hautes montagnes.

Le lendemain, le combat reprit, plus proche, les canons se remirent à tirer depuis ce côté de l'Ass et brûlèrent d'autres maisons et d'autres villages épars. Vers le soir, mais il n'y avait plus de cloches pour sonner les vêpres, un orage ténébreux se forma dans la Wassa Gruba et, dans la lueur des éclairs, le fracas du tonnerre et de la grêle, il alla éclater vers le Moschiagh. Simultanément à l'orage, une attaque autrichienne déferla sur la même montagne, accompagnée de salves de batteries, de rafales de mitraillettes, d'explosions de grenades, de tirs de mortier, de coups de fusil, et le fracas du ciel et de la terre se mêlèrent dans une tempête infernale.

À la lisière de la forêt du Gharto, abrité sous un sapin couvert de branches jusqu'au sol, Tönle écoutait cette apocalypse avec anxiété et regardait entre les branches les éclairs venus du ciel et de la montagne. Il était comme subjugué par ce spectacle funeste et n'arrivait pas à détourner les yeux ni à bouger les pieds pour s'en aller.

Quand la nature et les hommes se calmèrent, il entendit de nouveau les gouttes d'eau se détacher des branches mais aussi, dans le lointain, les cris des blessés et, enfin, isolée et solitaire, une salve dans la forêt du Sichestal.

Cette même nuit, quand il redescendit chez lui, il décida d'emporter autant de nourriture et de tabac que possible. Mais dans le hameau, il croisa un groupe de soldats isolés qui se livraient au pillage ; avec rage, il empoigna son bâton comme si c'était un fusil et cria en allemand, et ces derniers, surpris, prirent leurs jambes à leur cou, croyant peut-être que des soldats ennemis arrivaient. Il ne s'arrêta pas chez lui, et alla passer la nuit dans le refuge sous le replat où, cinquante ans plus tôt, il s'était caché après avoir blessé le douanier royal. Il avait laissé ses moutons sous la garde de son chien, dans les rochers de la Kheldar, où quelqu'un non familier des lieux aurait eu bien du mal à les trouver.

Le lendemain, le calme semblait revenu ; les soldats rescapés des unités qui avaient remonté les bois vers les montagnes au nord rebroussèrent chemin, retraversèrent les prés et la combe, se replièrent au sud du village qui continuait de brûler et se mirent à creuser des défenses dans les forêts et sur les hauteurs qui fermaient l'accès à la plaine.

À l'aube, Tönle mangea un bout de viande fumée, alluma sa pipe et, dans le silence insolite, il s'en alla retrouver ses moutons. Son chien lui fit fête et ses moutons bêlèrent. Il descendit à découvert avec son petit troupeau et le mena paître dans les communaux, où l'herbe n'avait pas été broutée depuis trop de jours et avait poussé comme jamais auparavant.

Dans l'après-midi, il vit une patrouille méfiante sortir de la forêt et, à son comportement et à ses uniformes, il comprit que c'étaient des Autrichiens ; ceux-ci, d'un pas circonspect, courbés derrière les pierres plantées sur le bord des chemins, avancèrent jusqu'au village maintenant complètement détruit. On était le 28 mai.

Comme il avait jadis évité les soldats de l'armée royale italienne, voilà qu'à présent, et avec plus de prudence, il essayait d'éviter les soldats de l'armée impériale et royale austro-hongroise. Toutefois, les combats s'étaient déplacés au sud de notre village, où la résistance était très importante et, des journées et des nuits entières durant, ces collines boisées étaient continûment déchirées par les canons et les tirs de mortier, et les forêts sciées par les mitrailleuses.

Tönle observait et écoutait, toujours caché dans l'épaisseur de la végétation, tendant l'oreille à chaque bruit proche pour ne pas se laisser surprendre ou se faire piller des moutons. L'après-midi, blotti dans quelque anfractuosité comme un animal sauvage, il lui arrivait parfois de penser à sa femme morte, à son ami avocat, ou à la période où il avait travaillé comme jardinier au château de Prague. Étrangement, il ne pensait pas à ses trois fils émigrés en Amérique, aux deux autres à la guerre dans les chasseurs alpins, à ses petits-enfants, à ses filles, à ses brus qui avaient fui dans la plaine le deuxième jour du bombardement.

On était le 9 juin quand, le soir, il décida de rentrer dormir chez lui ; ainsi, après avoir laissé ses moutons avec son chien aux rochers de la Kheldar, il descendit d'un pas rapide et décidé vers le hameau abandonné.

Les lueurs des combats, auxquelles il s'était maintenant habitué, lui éclairèrent le sentier d'abord et la maison ensuite. Quand il entra, il s'aperçut immédiatement que les soldats étaient passés par là aussi ; mais en raison, peut-être, de la pauvreté de la maison et de son mobilier, ils n'avaient pas fait de gros dégâts ; cependant, ils avaient laissé des traces de leur passage, la cuisine était souillée, tous les tiroirs avaient été jetés par terre et une chaise avait été brûlée dans l'âtre. Néanmoins les deux vieilles estampes, celle de la chasse à l'ours et celle des loups qui attaquaient un traîneau, étaient toujours là où son fils Petar les avait accrochées, encore gamin, la première année de cavale. Il approcha une chaise pour les décrocher, et en dessous le blanc de la chaux apparut, formant comme un vide sur les murs enfumés. Il regarda autour de lui à la recherche d'un endroit où les cacher ; il décida finalement de les glisser sous une poutre de l'étable.

En revenant dans la cuisine, sur le seuil il marcha dans des excréments humains ; alors la colère le saisit, il jura, empoigna le balai en cornouiller sanguin et poussa les souillures à l'extérieur ; il remplit un seau à la citerne d'eau pluviale et le versa avec force sur la pierre du sol ; il balaya l'eau ; remit de l'ordre ; enfin, il ferma la porte et se retira dans sa chambre, celle de toujours, dont il rêvait quand il était par les routes du monde et où il s'était trouvé à son aise pendant bien des hivers.

Il sortit sa montre de la poche de son gilet pour la remonter et la suspendre par son anneau au clou à côté de la tête de lit. Mais, avant de la suspendre, il la garda dans sa main pour sentir son poids et son tic-tac, et même s'il n'arrivait pas bien à lire l'heure dans la pénombre, il voyait le mouvement du marteau que le carrier abattait au rythme des secondes et il sentait sous ses doigts les mots en relief autour du cadran, et derrière, saillante aussi, la reproduction de l'intérieur d'une mine, avec ses étais, sa lampe et deux mineurs. Cette montre, il l'avait achetée bien des années auparavant, de passage à Ulm, et les mots gravés étaient les devises des ouvriers socialistes qui commençaient alors tout juste leur lutte pour la réduction du nombre d'heures de travail. Les inscriptions en relief disaient en allemand : "Nous voulons travailler huit heures – étudier huit heures – nous reposer huit heures" ; et aussi "Pour la concorde sociale, la fraternité et l'unité". En soupesant sa montre dans la paume de sa main, il pensait : "Des heures dans la mine, on en passait seize et plus, et maintenant au lieu de la fraternité il y a la guerre, et les pauvres se massacrent entre eux..."

Il suspendit sa montre au clou, se déchaussa, se coucha dans son lit et remonta une vieille couverture sur lui. Dans le lointain, il y avait toujours les lueurs d'incendie et les éclairs des canons, et ce bruit continu, parfois plus fort, parfois assourdi.

Vers le matin, il entendit des pas approcher de la maison et des coups violents tapés à la porte. Il ne bougea pas de son lit, pensant : “Hé oui, si j'avais laissé grand ouvert, personne n'aurait frappé ; une porte fermée quand toutes les autres sont ouvertes, c'est que dedans il y a quelqu'un, et ça, les soldats le comprennent.” On cogna plus fort, le loquet se cassa et la porte claqua contre le mur. Il entendit marcher dans la cuisine, entrer dans l'étable, et il pensa encore : “Pourvu qu'il ne trouve pas le tabac.” Le soldat revint dans la cuisine et monta l'escalier.

La porte de la chambre s'ouvrit à son tour, et en plissant les yeux dans la pénombre il vit un gamin en uniforme immobile sur le seuil, qui scrutait autour de lui et arrêta son regard sur le lit où Tönle faisait semblant de dormir. Attiré par le tic-tac et par l'éclat de la montre accrochée au-dessus de la tête de lit, il approcha à pas de loup et tendit la main pour s'en emparer. Tönle ouvrit les yeux et lui dit à voix basse en allemand :

— Pas touche, nigaud !

Le soldat se pétrifia et, quand il se ressaisit, il partit au galop, trébuchant dans l'escalier. Dès que le soldat fut dans la cour, Tönle se leva, se chaussa à la hâte et descendit à l'étable pour récupérer la tresse de tabac à pipe qu'il avait cachée sous le fourrage, dans le recoin le plus sombre. Mais quand il passa la porte, il se retrouva nez à nez avec une patrouille d'Autrichiens dirigée par un porte-drapeau qui s'avança aussitôt vers lui en disant en italien :

— Vous êtes un espion, je vous déclare en état d'arrestation !

Tönle cracha par terre sa salive rendue noirâtre par la chique en grommelant quelque chose que l'officier ne comprit pas tout à fait, alors il lui dit encore en italien :

— Qu'est-ce que vous marmonnez ? Suivez-nous !

— Je dois mener mes moutons au pâturage, répondit le vieillard en allemand. Et je n'ai pas de temps à perdre avec les militaires.

Il fit mine de s'en aller mais, sur un signe du porte-drapeau, deux soldats lui barrèrent la route et le saisirent par les bras. Il se dégagea d'un coup sec, mais n'ayant plus son agilité d'antan, il fut aussitôt repris et fermement maintenu.

— Vieux diable ! dit le porte-drapeau en allemand, avec un accent viennois. On va s'occuper de toi. On t'emmène au poste de commandement, on verra bien ce que tu as à raconter. On te fera fusiller !

— Toi, monsieur le porte-drapeau, tu n'es qu'un gamin et tu ne comprends rien, dit le vieillard en singeant l'accent viennois, ce qui donna envie de rire aux soldats. Je te dis que je dois mener mes moutons au pâturage.

Ils l'encadrèrent et le firent marcher en direction de chez les Pûne ; en cheminant courbés sur le Grabo, ils atteignirent le Petareitle où, en 1909, Matío Parlío avait construit sa maison à l'écart du monde ; à présent, les Autrichiens y avaient établi le poste de commandement d'un de leurs régiments. Derrière la maison, où on installait les cuisines, il y avait un va-et-vient permanent de soldats ; certains creusaient, d'autres apportaient du bois, d'autres de l'eau du Prunnele ; ils avaient dû installer un poste de secours dans la bergerie du Nicola Scoa parce que d'autres soldats stationnaient à côté, couverts de gros bandages.

De nombreux curieux vinrent se presser autour du vieillard en chuchotant ; un caporal s'approcha et lui tendit une tasse de café chaud, qu'il prit sans mot dire. Après l'avoir bue lentement sous les yeux de tous les soldats pressés là, il rendit la tasse vide en disant :

— Merci, mon caporal.

— Vous parlez allemand, grand-père ? lui demanda ce dernier.

— Oui, répondit-il. Je le parlais avant toi.

Et il ne voulut pas ajouter un mot.

Ils l'escortèrent ensuite dans la maison, dans la cuisine où, les mains appuyées sur le bord de la table, un commandant étudiait les cartes topographiques qui la recouvraient. Le porte-drapeau qui l'avait attrapé se tenait respectueusement à deux pas, et pour sûr il avait déjà expliqué les faits.

— Alors comme ça, vous avez des moutons à faire paître, dit soudain le commandant en se redressant. Où sont-ils ?

— Aux rochers de la Kheldar.

— Et combien y en a-t-il ?

— Vingt-sept en comptant les agnelles.

Mais le vieillard dit agnelles dans notre vieux langage, et le commandant ne comprit pas.

— En comptant quoi ?

— Les brebis vierges, répondit-il.

Le porte-drapeau sourit et mit une main devant sa bouche.

— Pourquoi vous n'êtes pas parti avec les autres quand on a bombardé ?

— Parce que. Parce qu'ici c'est chez moi et que je suis un vieil homme.

— Avez-vous parlé ou vous êtes-vous retrouvé avec des officiers italiens ?

— Avec personne !

— Et où sont partis les bersagliers qui étaient sur le mont Mosciagh ?

— Je ne sais pas.

— Pourquoi parlez-vous aussi bien allemand ?

— Pourquoi, toujours pourquoi. J'ai été soldat en Bohême, puis j'ai travaillé sur toutes les terres de l'empereur François-Joseph.

— Qui était votre commandant, en Bohême ?

— Le commandant von Fabini.

— Vous voulez dire le feld-maréchal von Fabini, peut-être. Mais alors vous êtes un fidèle sujet, dit le commandant avec un certain enthousiasme.

— Non, répondit-il. Je suis seulement un petit berger et un vieux prolétaire socialiste.

— Alors vous êtes un espion des Italiens et c'est pour ça que vous êtes resté ici !

— Allez au diable, vous et les Italiens. Laissez-moi m'occuper de mes affaires.

Mais le commandant perdit patience lui aussi et, sur un geste de sa part, les deux soldats qui l'avaient escorté le firent ressortir derrière la maison.

Une demi-heure après, le porte-drapeau vint avec un caporal-chef, ils l'emmenèrent et le suivirent sur le sentier du Platabech jusqu'aux rochers de la Kheldar pour s'assurer de la véracité de son histoire de moutons. Et deux heures après, ils repartaient dans l'autre sens avec les moutons et le chien noir.

5

Jamais il ne lui était arrivé et jamais il n'avait entendu parler de faire paître ses moutons sous escorte armée, et les deux soldats styriens chargés de cette tâche s'amusaient comme des gosses de la ville à les suivre, lui et son troupeau, dans des lieux protégés des tirs de l'artillerie italienne ; mais au bout de trois jours, toujours par des sentiers défilés, et ces sentiers il les connaissait mieux que les militaires qui les étudiaient sur les cartes topographiques, ils prirent la route des anciennes frontières. Les canons au sud de la combe tiraient jour et nuit leurs projectiles sur les voies de communication et sur ce qu'on présumait être les points de ralliement, les postes de commandement austro-hongrois et les entrepôts : Tönle s'engagea à pas lents sur le trajet le plus long, avec l'approbation joyeuse des deux soldats.

Ils passèrent par les endroits où le combat avait fait rage dans les derniers jours de mai, et les traces étaient encore flagrantes : des canons qu'on avait fait exploser puis abandonné, des convois, du matériel en tout genre, des signes d'incendies, des forêts calcinées et des pâturages lacérés par les bombes. Mais aussi des cadavres de bêtes et d'hommes.

Il ne voulait pas regarder toutes ces choses et tous leurs effets, mais elles existaient qu'il les regarde ou non, et il les sentait sur ses talons pareilles à une ombre, avec ses moutons et son escorte de deux soldats. Dans la forêt du Sichestal, qu'il traversa rapidement, il vit treize soldats italiens morts côte à côte, sans insignes, écussons ni galons, et un homme de l'escorte lui dit qu'apparemment ils avaient été fusillés par leurs propres camarades sur allez savoir quel ordre de la hiérarchie. Non loin de cet endroit, quelques soldats qui se parlaient en croate creusaient une fosse, leurs fusils réunis en botte au pied d'un sapin.

Notre vieillard se remémora ce soir du 28 ou du 29 mai, où après l'orage et la bataille il avait entendu partir une salve.

Ils poursuivirent à travers le Dhorbellele, où on l'avait envoyé avec ses moutons pendant les exercices de tir ; sur le mont Kuko, au milieu des pins de montagne et des rhododendrons, il vit d'autres soldats allongés, comme endormis ; et là encore un homme de l'escorte lui expliqua que c'étaient des soldats italiens morts au combat le 26 mai ; et que lui-même y était, là-haut, sur le Portule.

Ils descendirent dans la vallée de l'Ass ; aux sources, des unités autrichiennes qui se reposaient, couchées sous les sapins, regardaient avec curiosité le vieillard, ses moutons et son escorte et échangeaient des commentaires ironiques sur ces singuliers prisonniers.

Enfin, ils rejoignirent la route, cette même route qu'il avait si souvent parcourue pour aller travailler de l'autre côté de la frontière, et les canonnades et les rumeurs de la bataille qui n'avaient jamais cessé et auxquelles même ses moutons s'étaient habitués restèrent derrière eux.

À Vezzena, ils rencontrèrent un groupe d'officiers qui, avec leurs jumelles, leurs sacs en bandoulière et leurs ordonnances, se dirigeaient vers l'Italie, mais au moment de se croiser ils s'arrêtèrent pour regarder cette étrange assemblée et le jeune lieutenant Fritz Lang vint parler à un soldat de l'escorte et au vieillard. Tönle, qui avait décidé de ne plus parler à personne, ne répondit pas aux questions de l'officier. Il ne répondit pas plus quand il vit au milieu du groupe, entouré et traité avec cérémonie, son commandant de Budějovice, le fameux commandant von Fabini.

Le feld-maréchal von Fabini, désormais commandant de la 8e division de montagne du XXe corps d'armée de l'archiduc Charles, margrave d'Asiago, fixa un instant dans les yeux ce vieillard crasseux et dépenaillé, et pendant cet instant il lui sembla revoir ou reconnaître quelque chose, puis il leva sa main gauche de son ceinturon, fit un geste indéfinissable et poursuivit sa route vers le Val d'Astico, suivi par son état-major. Les autres aussi poursuivirent : Tönle, ses moutons, son chien noir et son escorte armée, je veux dire.

Ils s'arrêtèrent pour la nuit entre Santa Giuliana et Centa où s'achevait la pente abrupte du Menador. Le lendemain, ils descendirent à Pergine et là, sans aucune explication, il entra dans une maison de paysans où, à chaque printemps, nos émigrants avaient coutume de faire étape pour se restaurer avant de reprendre leur route vers Ulm. Mais la maison était vide et abandonnée ; la paille sur le sol et le désordre indiquaient que ses derniers habitants avaient été des soldats de passage.

À Pergine, les gendarmes vinrent le récupérer. Les deux soldats de son escorte repartirent à contrecœur vers le front après l'avoir salué avec effusion. Les gendarmes enfermèrent ses moutons et son chien dans une étable abandonnée et le firent monter à bord du train pour Trente.

Tous ses actes de rébellion avaient été inutiles, et inutiles aussi les aboiements de son chien et les bêlements de ses moutons. Toujours sous escorte, il arriva à la caserne de gendarmerie, où il fut de nouveau interrogé deux jours après.

Pendant l'interrogatoire, alors qu'il répondait d'une voix forte et pleine de colère, il fut entendu par son chien et ses moutons qui, menés par les soldats, passaient dans la rue sous les fenêtres, comme en transhumance. Il entendit lui aussi ses moutons brailler et son chien aboyer et, prenant de surprise l'officier qui l'interrogeait et les gendarmes, il se précipita à la fenêtre et se mit à crier à sa manière de berger, si bien que le troupeau s'immobilisa, bloquant la rue et le déplacement d'une unité d'artillerie.

Il n'y eut pas moyen de faire bouger ses moutons et son chien, alors finalement on dut le laisser sortir dans la rue et lui permettre de prendre la tête du troupeau, et comme un roi avec son escorte, il traversa la ville, à la stupeur des rares civils et des trop nombreux militaires.

Ils allèrent ainsi jusqu'à Gardolo mais, arrivés là, on le sépara définitivement de ses bêtes et on lui délivra un récépissé tamponné ; puis on le fit monter à bord d'un convoi militaire à destination du Brenner et on l'emmena dans un camp de concentration, à Katzenau, où il y avait déjà d'autres civils.

Ces jours-là furent les plus tristes de sa vie ; à la colère et au dépit éprouvés lors de son arrestation succéda en lui une profonde oppression qui le rendit sombre et antipathique aux autres civils enfermés là, des habitants de la Valsugana ou de Rovereto.

L'absence presque totale de tabac lui rendait insupportable la discipline imposée par le commandant du camp, von Richer. Il mangeait peu car, quand l'occasion se présentait, il échangeait sa tranche de pain noir et mal cuit contre une pincée de tabac à pipe ; et sa soupe du soir, il la donnait en cachette à une fillette qui lui rappelait trop une de ses petites-filles. Il fut même tenté de troquer sa montre contre du tabac et, un soir, après l'avoir gardée dans la paume de sa main pendant une heure précisément, il décida que non : trop d'événements de sa vie étaient liés à ces heures, à ces mouvements de rouages et de ressorts, aux inscriptions autour du cadran : pour lui c'était comme renoncer à tout ce qui avait été. Alors il serra si fort le tuyau de sa pipe entre ses dents noires qu'il faillit le broyer.

Le temps, dans cette oisiveté forcée, s'écoulait à une lenteur infinie, et son incidence sur lui semblait décuplée. En quelques mois, sa tête était devenue complètement blanche et les rides de son visage s'étaient creusées comme des crevasses dans une montagne ravinée ; ses mains s'étaient faites plus osseuses et avaient perdu leur vigueur.

Un jour, avec deux camarades, il fut envoyé sous escorte aider les paysans à ramasser les pommes de terre dans les champs ; il lui sembla renaître, mais ce jour-là seulement, car quand on le reconduisit au milieu des fils barbelés et des baraquements, son humeur se fit encore plus noire, même s'il avait réussi à rapporter clandestinement quelques kilos de pommes de terre dans le camp. Il en donna une partie à la mère de la fillette qui l'appelait grand-père, et échangea l'autre partie contre du tabac.

Ce soir-là, au crépuscule, il chercha un coin tranquille où fumer sa pipe et il s'abandonna à ses souvenirs et à la nostalgie. Mais un gardien, qui était peut-être dans le même état d'esprit que lui, s'approcha pour lui parler.

— Bonsoir, grand-père, lui dit-il. Comment ça va ?

— Je fume, répondit Tönle.

— Je vois ça. Pourquoi vous êtes prisonnier ? Quel âge vous avez ?

— Plus de quatre-vingts ans.

— De quel village vous venez ?

Il ne répondit pas tout de suite. Il retira sa pipe de sa bouche et le dévisagea.

— J'ai été blessé à côté de votre village, dit le soldat, qui de toute évidence avait été affecté à la garde du camp parce qu'il était inapte à faire la guerre. Tout est détruit, là-bas.

— Je sais.

— J'ai été blessé quand on s'est repliés sur nos lignes défensives.

— Ah, ja, dit Tönle. Alors, c'est que les Italiens l'ont repris ?

Il apprit ainsi que l'offensive autrichienne avait été arrêtée et refoulée, que toutes les maisons étaient en ruine, qu'à présent la ligne de front passait juste derrière sa maison et montait à travers les prés, les pâturages, les forêts et les montagnes jusqu'à l'ancienne frontière, au col de l'Agnella.

Mais peut-être pas sa maison, peut-être qu'elle n'avait pas été détruite, ses ancêtres l'avaient construite à un endroit protégé des intempéries et, peut-être, des canonnades.

Vint un automne triste, privé des couleurs si vives de chez nous ; une pluie grise et fine tombait sur le monde en guerre. À travers les vitres des fenêtres à barreaux de son baraquement, le vieux Tönle Bintarn regardait la pluie et pensait au feu de sa maison, au cerisier sur le toit, aux autres maisons du hameau, à la fumée des cheminées, et à ce qui avait été dans ces maisons : aux morts et aux vivants. Et le temps, dans ce baraquement saturé d'odeurs, de voix inutiles et d'humidité, s'écoulait à une lenteur infinie.

Dans ce temps qui n'en finissait pas, on apprit au camp la mort de l'empereur François-Joseph. Tönle se souvenait de l'avoir vu une fois à la parade militaire, après les manœuvres aux frontières russes ; à l'époque déjà il lui avait semblé vieux, avec ses longs favoris et son épaisse moustache grise. "S'il était déjà vieux quand j'étais soldat, pensa-t-il, va savoir quel âge il avait à sa mort." Cent ans, peut-être. Mais alors pourquoi cette guerre ? Comment un vieillard de cent ans, même s'il est empereur, peut-il commander des soldats ? Non, ce ne sont pas les empereurs et les rois qui commandent. Qui alors ? Les généraux ? Les ministres ? Il lui semblait que les manœuvres et les revues militaires avaient été un jeu pour divertir l'empereur ; et que la guerre, qu'il avait vue dans ses montagnes, n'était que le jeu d'autres personnes plus puissantes que l'empereur François-Joseph et le roi Victor-Emmanuel.

Von Richer, le commandant responsable des civils internés dans le camp, enfila un brassard de soie noire à son bras gauche en signe de deuil et ne dit pas un mot pendant une semaine, même pas aux militaires qui travaillaient là; il se contentait de donner des ordres par des gestes rapides et mesurés.

Et la pluie, fine, grise, continue, sillonnait les vitres derrière les fenêtres à barreaux que le vieux Tönle fixait à la recherche d'un signe annonciateur d'un printemps impossible.

À une lenteur infinie, Noël approchait; dans les rares trouées entre les nuages gris et effilochés au-dessus de la campagne et des arbres nus, Tönle réussissait parfois à voir avec une mélancolie déchirante la neige sur les montagnes à l'ouest de Linz: il pensait que derrière ces montagnes il y en avait d'autres, encore plus hautes, qu'à un endroit donné l'eau des rivières s'écoulait sur l'autre versant, sur l'adret, et là, parmi les adrets des montagnes, il y avait sa maison avec le cerisier sur le toit.

La nuit, couché sur son sac de copeaux posé à même le plancher, il gardait les yeux ouverts, fixant dans l'obscurité la charpente du baraquement et toujours, vers l'aube, une forte inquiétude l'assaillait. Il écoutait le pas monotone des sentinelles, les mots marmonnés dans les rêves, les soupirs, les prières et les jurons de ses compagnons de baraquement, les pleurs des enfants dans le secteur des femmes.

Un de ces matins-là, avec d'autres, on le fit aller à la gare pour décharger les wagons de choux destinés aux cuisines du camp. Il s'y rendit de bon gré, entre autres parce qu'il voyait moins passer le temps quand il avait quelque chose à faire. Ils travaillèrent pendant des heures, se faisant passer à la chaîne les gros choux ensuite entassés sur des charrettes tirées par des chevaux maigres et couverts de plaies, réformés par l'armée. Mais alors que le dernier wagon était presque vide et que leurs gardiens s'étaient détournés pour boire une bière au buffet de la gare, Tönle décida de s'en aller et, sans un mot, il enfila sa veste, fit semblant d'uriner contre une haie, puis la franchit et partit d'un pas rapide dans la campagne détrempée qui s'ouvrait devant lui.

Pendant deux heures il tâcha de marcher dissimulé par des arbres et des fossés, puis il avança plus tranquillement. Sur un sentier entre des champs, il croisa un jeune idiot qui conduisait une charrette tirée par une jument déformée par l'âge ; il parla avec lui et monta sur la charrette, où il fit un bon bout de chemin ; et, quand il arriva à la ferme où l'idiot vivait avec sa mère, celle-ci l'invita à rester là avec eux, s'il le voulait, et à les aider pour les travaux, maintenant que tout le monde était à la guerre.

Il y passa deux jours, puis il reprit sa route. Il projetait de remonter le cours des rivières jusqu'à la ligne de partage des eaux, puis de le redescendre. Ce ne serait pas la première fois ! Seulement, à présent les ans pesaient sur ses jambes, et il y avait la guerre, et il devait faire attention à ne pas se faire attraper.

Il cheminait en évitant les villes et les plus gros villages ; il s'arrêtait pour faire de petits travaux dans des maisons isolées à flanc de montagne et personne n'était suspicieux : c'était juste un vieux vagabond taiseux qui essayait comme il pouvait de prolonger sa vie.

De la sorte, en deux semaines il avait parcouru une centaine de kilomètres et il était arrivé à Trofaiach, non loin de Leoben, et c'est là, dans un café, que, le voyant en si piteux état et pensant qu'il avait besoin d'aide, un gendarme de passage trop zélé lui demanda ses papiers. Tönle tira de son portefeuille élimé le papier attestant de son service militaire pour l'empereur François-Joseph mais, hélas, ce même papier indiquait aussi son lieu de naissance, qui n'était plus en Autriche. Cela éveilla les soupçons du gendarme, qui voulut en savoir plus et lui demanda de sortir les autres papiers de son portefeuille : il y avait un engagement de travail, un papier de la messe dite trente jours après la mort de sa femme avec sa photographie, une autre photographie de facture typiquement américaine de ses fils émigrés et aussi, malheureusement, le récépissé pour son troupeau et son chien confisqués.

Le gendarme l'invita à se lever de la table, où il s'était assis pour boire une bière, et à le suivre à la caserne, à Leoben, où on l'interrogea longuement et patiemment dans un bureau bien chauffé tandis qu'au-dehors la neige tombait.

Mais le vieil entêté ne voulait pas répondre ou répondait à sa façon. On l'enferma le temps de faire des vérifications et quand, trois ou quatre jours après, les réponses arrivèrent, on le fit monter dans un train et on le ramena à Katzenau, où le baron von Richer l'accueillit avec un reproche qui, dans le fond, n'était pas dénué de compréhension et d'admiration.

Deux jours avant Noël, l'eau grise et fine qui tombait sur le camp se transforma en neige lourde et mouillée : d'abord elle se mélangea à la boue ; puis elle recouvrit tout. Le matin du 25 décembre, quand, après avoir essuyé de la main les vitres embuées, Tönle regarda par la fenêtre à barreaux, il lut une inscription en grandes lettres gothiques dans la neige devant le baraquement : FROHE WEIHNACHTEN !

C'était un gardien qui avait écrit ça pendant le dernier tour de garde de nuit, alors qu'on entendait les premières cloches résonner dans le lointain.

Mais pendant que se déroulait ce que nous venons de raconter, bien d'autres choses arrivaient aux proches de Tönle et à nos villageois réfugiés dans la plaine de Vénétie et plus loin.

Sur ordre préfectoral, le siège de la mairie avait été improvisé à Noventa, où le maire, les conseillers, les employés municipaux et le garde forestier s'activaient pour retrouver les villageois éparpillés ou pour avoir des nouvelles afin de les recenser, retrouver leur domicile et, si possible, les assister en fonction de leurs besoins, en collaboration avec les autorités civiles et militaires et des comités créés à cet effet.

Mais il faut bien reconnaître que les habitants de notre contrée, qui avaient tout perdu avec la guerre, ne recevaient pas toujours, non, pas toujours, d'aide matérielle, d'affection et de compréhension de la part de leurs compatriotes du royaume. En raison de notre vieille tradition d'autonomie, de leur caractère, de leur langage étrange et très ancien, de leur aspect misérable, de leur comportement réservé et fruste, nos montagnards étaient jugés pro-autrichiens, sauvages, et même taxés de traîtres car ils avaient laissé l'odieux ennemi envahir le sol sacré de la mère patrie ; à croire que les femmes, les vieillards, les enfants et les infirmes auraient dû faire barrage aux canons et à la mitraille avec leur seule poitrine ! Et ainsi, les habitants de notre contrée avaient fini par soupçonner qu'un général avait lancé des rumeurs de "trahison" pour se décharger sur eux de son incompétence et de sa légèreté, et ainsi éviter que ne retombe sur lui et sur les troupes qu'il commandait mal la responsabilité du succès autrichien ; qui, du reste, fut contenu aussitôt que le général Cadorna ordonna des remplacements et des changements.

Bref, quand, quelques mois après ce mois de mai 1916, on put recenser les réfugiés, on s'aperçut que notre vieux Tönle Bintarn comptait parmi les absents ; et on ne réussit pas à retrouver sa trace dans les maisons de paysans du piémont, ni dans les campagnes vers les lagunes, où nos troupeaux allaient hiverner depuis des temps immémoriaux. Tout ce qu'on savait, c'était que Bepi Pûne, le gamin qui s'occupait des moutons du Parlío, appelé dans le bataillon Sette Comuni, l'avait vu monter vers les forêts le jour où tout le monde s'était enfui dans la direction opposée.

Depuis Noventa, le maire fit écrire à la Croix-Rouge pour savoir si, en passant par l'État fédéral suisse, il était possible d'avoir des nouvelles par l'ennemi. À Milan, le fils de maître Bischofar, qui s'était installé là avec sa famille et vivait misérablement dans la périphérie, près de la Porta

Ticinese, se rendit au Comité d'assistance pour les réfugiés de guerre – Patronage du Lyceum féminin –, non pour demander de l'aide pour lui-même, mais pour que le Comité s'occupe de cette affaire, avec à l'appui les données d'état civil de notre vieillard qu'un de ses amis lui avait fait parvenir. Et ainsi les Dames milanaises s'activèrent elles aussi et, à travers le réseau des instances juridiques, croix-rouges, comités variés, on finit par apprendre qu'il était vivant, dans un camp de concentration autrichien non loin de Linz ; et on put en informer ses filles et ses petits-enfants réfugiés aux alentours de Varese, ses deux fils chasseurs alpins qui combattaient à présent vers l'Ortigara et les trois autres qui étaient en Amérique.

Un an après environ, en mission pour la Croix-Rouge italienne, section du Lyceum féminin de Milan, un prêtre tessinois put entrer dans le camp de Katzenau pour contrôler les conditions de vie des détenus civils et proposer aux autorités autrichiennes la libération et le retour en Italie, via la Suisse, des malades, des femmes et des enfants en échange d'autant de prisonniers austro-hongrois blessés, assez grièvement cependant pour être incapables de reprendre les armes une fois guéris.

Il y avait déjà eu un échange en juillet et une centaine de civils avaient pu rentrer.

Le responsable des prisonniers, le baron von Richer, qui avait porté le deuil pour la mort de François-Joseph, écouta la proposition du prêtre avec beaucoup de détachement, même si au fond de lui il s'en réjouissait, parce qu'il commençait à rencontrer de sérieuses difficultés, tant avec le ravitaillement qu'avec les conditions sanitaires et d'hygiène.

Le prêtre tessinois fut autorisé à faire le tour du camp, et quand dans son état des lieux il vit, solitaire et à l'écart, notre dédaigneux vieillard absorbé dans la contemplation des feuilles d'herbe de Saint-Fiacre qu'il avait mises à sécher au soleil pour les fumer dans sa pipe noire, croûteuse et mouillée de salive, il s'approcha pour mieux l'observer. Il s'approcha plus près, et le vieillard ne leva pas les yeux mais, voyant l'ombre d'un homme sur les feuilles, il dit :

— Pousse-toi, elles doivent sécher.

Alors le prêtre parla, lui demandant poliment d'où il venait, son âge, son activité, comment il se portait. Il se fit répéter son nom, l'écrivit dans son carnet et s'en alla sans recevoir de réponse à son au revoir.

Allez savoir pourquoi von Richer renâcla autant à inclure Tönle sur la liste des rapatriés ; peut-être que la gendarmerie lui avait dit de le garder tout particulièrement à l'œil, peut-être parce qu'on craignait qu'il répète ce qu'il avait vu derrière le front, peut-être parce qu'il avait été autrefois soldat dans l'armée impériale et royale (je pense que c'était là la raison principale), ou parce qu'il parlait des dialectes autrichiens et allemands, et le bohême, le hongrois, le croate, l'italien et cet étrange langage appelé le cimbre.

Mais le prêtre tessinois était au moins aussi têtu que le baron von Richer, et il finit par le convaincre de faire appeler ce vieillard bizarre et ombrageux pour l'écouter.

Bref, après de nombreuses réticences, ils arrivèrent à le faire parler, et dans un allemand parfait il dit que oui, il rentrerait chez lui, mais qu'on devrait lui rendre ses moutons et son chien que les soldats lui avaient pris, ou plutôt que les gendarmes lui avaient confisqués après que les soldats l'avaient attrapé. Il avait un récépissé. Et en disant cela, il sortit son portefeuille d'une poche bien dissimulée dans sa veste de chasse en futaine, et de ce dernier une feuille pliée qu'il étala devant les deux hommes en les invitant à la lire.

Von Richer et le prêtre lurent et se regardèrent, puis ils dirent oui. On lui rendrait ses moutons et son chien, mais Tönle comprit que c'était un pieux mensonge, y compris de sa part, et un sourire à la fois ironique et mélancolique, un sourire de berger, traversa ses yeux. Pour sûr, les deux hommes ne le comprirent pas, mais son nom fut inscrit sur la liste des rapatriés.

Les copies de cette liste se mirent à voyager d'un bureau à l'autre, de Vienne à Rome, de Genève à Milan ; reproduites dans des registres, tamponnées, signées ; et les lettres d'accompagnement comparées, validées, et leur réception accusée. Et les listes entre elles vérifiées et collationnées.

Cependant, les mois et les semaines passaient, l'automne 1917 était aux portes. Tönle apprit qu'une offensive italienne avait eu lieu dans nos montagnes, et avait échoué : c'était la bataille, devenue célèbre, de l'Ortigara.

Il se remit à pleuvoir et le temps recommença à s'écouler à une lenteur infinie, comme une eau limoneuse. Les prisonniers de Katzenau étaient de plus en plus tristes, émaciés et irascibles, les yeux des enfants qui l'appelaient grand-père de plus en plus grands, les gamins de moins en moins enjoués. Et les morts étaient maintenant plus nombreuses, et elles ne ressemblaient pas à celle de François-Joseph, presque centenaire, dans son lit et dans sa grande maison. Puis les événements de Caporetto, que l'on apprit immédiatement, eurent lieu, et la guerre sembla sur le point de s'achever, mais les événements du Piave eurent lieu aussi, et la guerre continua.

On était en décembre, et il pleuvait sans discontinuer depuis des jours ; dans le camp de prisonniers de Katzenau, l'humidité et la moisissure étaient dans l'air, dans les baraquements, dans le pain de sciure et dans le cœur des gens. Un jour on les appela à se rassembler, en tapant une barre de fer contre un bout de rail suspendu à une charpente.

On appela les noms inscrits sur une liste couverte de tampons, on mit les élus dans un coin, on leur fit récupérer le peu de biens misérables qu'ils pouvaient avoir conservés jusque-là, et d'un pas fatigué et toujours sous cette pluie fine qui tombait, monotone, ils furent accompagnés à la gare où un convoi militaire les attendait.

Cependant, le Comité milanais de la Croix-Rouge avait prévenu les familles joignables que le train des prisonniers civils arriverait à la gare principale tel jour à telle heure : qu'elles soient là pour les accueillir.

Mais ce train fut lent et le voyage long, par Salzbourg et Innsbruck, Landeck et Feldkirch, d'où, enfin, il entra en Suisse et, via les Grisons et le Tessin, il descendit à Milan le lendemain de la date prévue.

C'était la nuit ; fatiguées et transies, les familles qui avaient attendu tout le jour avaient cherché refuge dans les salles d'attente, mais la plupart se trouvaient dans les lieux de repos destinés aux militaires en transit, où, si on était accompagné par les dames de la Croix-Rouge, il était possible d'avoir une boisson chaude, un lit de camp en toile et une couverture pleine de puces et de poux.

Sous la pluie, dans les bouffées de vapeur, les sifflements et le crissement des freins, le convoi militaire s'arrêta sur une voie à l'écart. La Croix-Rouge n'avait été avertie de l'arrivée du train que quelques minutes auparavant, si bien que, à part quelques ouvriers des chemins de fer, personne ne les attendait sur le quai.

Ankylosés, les membres rendus ligneux par ce long voyage, alanguis par la faim, les rapatriés descendirent par petits groupes avec leurs pauvres ballots, s'aidant les uns les autres et fouillant les alentours des yeux à la recherche d'un visage ami qu'ils ne trouvèrent pas.

6

Tönle Bintarn descendit parmi les premiers en portant la fillette, qu'il laissa ensuite à sa mère, et comme il n'avait aucun bagage et ne voyait aucune raison qui puisse le retenir, il se dirigea d'un pas décidé, sa pipe éteinte entre les dents, vers une lumière ténue qu'il voyait tout au fond des voies et qui aurait pu être le feu arrière d'un autre train.

C'était en réalité le lieu de repos pour les militaires en transit. Dedans, l'air était chaud et enfumé, et il se fraya un passage sans trop de manières pour gagner le bar. Un sergent lui demanda d'un ton brusque ce qu'il faisait là et d'où il venait. D'un ton encore plus brusque, il lui dit en deux mots d'où il venait et ce qu'il cherchait : du tabac pour sa pipe.

Cependant, un soldat qui était au milieu des autres s'approcha en le dévisageant :

— Mais oui, dit-il. C'est lui. Vous n'êtes pas ce berger à qui, il y a trois ans, quand on a fait les exercices de tir dans les montagnes, on a ordonné de se retirer dans la forêt avec ses moutons ?

Tönle le dévisagea à son tour et reconnut le jeune artilleur qui lui avait parlé des moutons et des pâturages parce qu'il était berger lui aussi, en Sardaigne. Il lui sembla avoir retrouvé ce qu'il avait perdu. "Tiens, pensa-t-il l'instant d'après, tiens, voilà quelqu'un à qui on peut demander un peu de tabac, et parler et se comprendre."

— Venez, dit le soldat. Je vous paye à boire.

Mais le sergent s'en mêla, disant que les civils ne pouvaient pas rester là, ce à quoi les soldats ricanèrent en chœur et lui lancèrent quelques épithètes qui le firent taire, penaud.

Les deux bergers, qui se retrouvaient par un hasard singulier, gagnèrent le bar, où le plus jeune commanda un demi-litre de vin et offrit au vieillard cinq demi-Toscano dans un étui en papier. Voilà un an qu'il rêvait d'un tabac pareil, et il émietta la moitié d'un cigare dans le creux de sa main : il en mit une bonne partie dans sa pipe, et l'autre dans sa bouche pour chiquer.

Le vieillard fumait avec lenteur et avidité, il fumait et racontait à mots comptés son aventure et celle de ses moutons. Puis le soldat lui raconta son histoire à son tour ; alors de ses ongles le vieillard décousit le bord de sa veste, en tira une pièce de cinq lires d'argent et commanda d'autre vin.

Il sentait que, après tout ce temps, son cœur se réchauffait enfin et, après le tabac et la pipe, il s'aperçut qu'il avait très faim, aussi il commanda du pain et du fromage, et un autre litre de vin pour les soldats qui s'étaient approchés pour l'écouter.

À ce moment-là, la porte s'ouvrit et, accompagnée d'une bouffée de brouillard et d'odeur de charbon, une voix féminine entra dans le lieu de repos, demandant d'un ton strident :

— Est-ce qu'il y a un vieux civil ici ?

— Nooon, répondirent plusieurs voix. Il n'y a pas de vieux ici.

Ce qui s'était passé, c'est que quand les membres de la Croix-Rouge avaient fait l'appel en pointant la liste, le vieillard n'avait pas répondu. Ils l'avaient aussitôt cherché dans toute la gare, et une de ses filles, venue exprès de Varese, où elle était réfugiée, pleurait, désolée.

— Il est peut-être passé entre les mailles des contrôles, c'est la nuit, lui disait-on, il a dû aller en ville. Ne pleurez pas, on le retrouvera demain, vous verrez.

Le matin arriva, et le soldat sarde devait monter à bord d'un convoi militaire pour rejoindre son régiment, vers le front du plateau d'Asiago. Le vieillard lui demanda :

— Ton train passe par Vicence ou bien par Padoue ?

— Je crois que oui, lui répondit-il.

— Alors je monte dans ce train moi aussi.

Et ainsi, il se mêla aux soldats pour monter dans un wagon à bestiaux ; une patrouille passa, tout semblait en ordre, le train siffla, le chef de gare donna le signal de départ avec sa lanterne et le train partit en ferraillant, au milieu du raffut des tampons et des chants discordants des soldats.

Le train roula tout le jour dans la plaine, traversant des villes et des rivières, s'arrêtant parfois en rase campagne, parfois en dehors des gares. À Vicence, il passa lentement entre des unités de soldats en formation sur les quais et d'autres trains chargés de matériel de guerre ; le vieillard lorgna par la petite fenêtre en hauteur du wagon, en direction des montagnes, blanches entre les nuages, et pensa : "Je serai bientôt à la maison."

Le train s'arrêta à Cittadella, et les soldats en descendirent en chahutant après lui avoir offert du tabac, des cigares, des biscuits, de la viande en conserve et une musette hors d'usage. Sans se faire remarquer par les patrouilles et après avoir salué le berger sarde qui l'appelait *zio* Antonio – oncle Antonio – et le vouvoyait, il fila entre les haies et la barrière et sortit au grand air du côté de la campagne.

Il savait que non loin de cette ville fortifiée passait la route des bergers, celle qui depuis des siècles reliait les montagnes et la lagune ; alors il coupa à travers champs en direction du ponant jusqu'à ce qu'il la croise à proximité des rives du Brenta. Mais bien vite la nuit tomba, soudaine, et il s'arrêta dans une cabane en tiges de maïs, se coucha sur la litière, alluma sa pipe et, après avoir fumé, il s'endormit, fatigué et presque content de son indépendance et de sa liberté retrouvées, et puis de sa maison et de tout le reste, qu'il sentait maintenant tout proches.

Au milieu de la nuit, un parler étrange le tira de son sommeil ; il reprit immédiatement ses esprits et tendit l'oreille, immobile : il n'arrivait pas à comprendre ce que les personnes à l'extérieur se disaient à voix basse : ça ne lui paraissait ni un dialecte italien ni de l'allemand. Il ne bougea pas, et se contenta d'ouvrir les yeux quand deux soldats entrèrent dans la cabane et grattèrent une allumette. Ils rirent à la vue de ce vieillard recoquillé, aux yeux aussi vifs que ceux d'un animal nocturne ; l'un d'eux plongea une main dans la poche de sa veste, en tira un paquet de cigarettes et le lui jeta. Le vieillard ne sut pas dans quelle langue les remercier ; ils sortirent, parlèrent avec les hommes qui les attendaient dehors et s'éloignèrent dans la nuit.

Le vieillard n'aurait pas dû être surpris par tout cela ; seulement, voilà, il ne pouvait pas savoir qu'il s'agissait d'une patrouille anglaise de la Royal Garrison Artillery, arrivée dans la région après les événements de Caporetto.

Avant l'aube, il s'assit, mit un morceau de biscuit dans sa bouche pour bien l'imprégner de salive avant de le mâcher, il alluma sa pipe et sortit pour rejoindre la rive du Brenta, puis le remonter vers les montagnes grises et couvertes de nuages qui se dressaient vers le nord. Et c'est ainsi, aux premières lueurs de l'aube, qu'il entendit à nouveau le bruit des canons.

Cependant, comme il apparaissait qu'il était monté dans le train à Katzenau, qu'il avait transité par la Suisse, qu'il était présent lors du contrôle à Chiasso et qu'il était arrivé à Milan comme en avait témoigné la mère de la fillette, sa disparition ne devait être considérée comme certaine qu'à partir de la gare principale. Alors, les autorités de la Croix-Rouge prévinrent notre maire à Noventa, les différents comités, les maires des communes du piémont, les carabiniers, la police, les postes de contrôle et, enfin, ses deux fils Matío et Petar qui, par un heureux hasard, avaient survécu aux batailles visant à prendre l'Ortigara et à garder le mont Fior. Ils s'étaient à présent repliés avec leur bataillon sur la dernière ligne de défense le long des rochers qui surplombent le Canal du Brenta. Le colonel Magliano fit appeler le plus âgé des deux, le poste de commandement se trouvait dans une grotte en dessous du Sasso Rosso, et, après lui avoir accordé une permission spéciale de trois jours (spéciale, c'est vraiment le cas de le dire car, vu la situation, toutes les permissions avaient été suspendues, mais le colonel Magliano avait bonne mémoire, il se souvenait de ce singulier vieillard), il dit à Petar de partir à la recherche de son père, qui devait sans doute être arrivé dans le coin.

Comme Tönle approchait des montagnes, il entendait de plus en plus distinctement le bruit de la canonnade à mesure que la journée avançait, il marchait à pas lents, apparemment distrait mais en réalité très attentif à ce qui se passait autour de lui. S'il évitait les carabiniers, les patrouilles, les officiers, il se moquait de marcher à côté des unités en formation qui empruntaient des voies secondaires grimpant vers les forêts. De longues files de camions et de convois d'artillerie montaient par les routes principales.

Après avoir évité Bassano et Marostica en passant au large de Vallonara et de Crosara, il cheminait maintenant vers Santa Caterina et, quand il franchit la borne qui marquait la frontière entre la République vénitienne et les Sept Communes, il poussa un soupir de soulagement : après tout ça, le lendemain il serait chez lui.

Sur le sentier muletier qui montait vers Conco entre les châtaigniers et les noyers, il rejoignit un régiment d'infanterie qui se dirigeait vers le plateau d'Asiago. C'étaient presque tous des soldats sardes qui, pendant la pause réglementaire, lui racontèrent qu'ils étaient dans ces montagnes et dans ces forêts depuis plus d'un an ; qu'ils avaient combattu sur le mont Fior et sur le mont Zebio. Alors, il se fit expliquer où passaient les tranchées, quelle était la situation dans le village et les hameaux ; bref, si c'étaient des Allemands ou des Italiens qui les occupaient.

Il comprit alors clairement qu'en juin de l'année précédente, quelques jours après que les Autrichiens l'avaient emmené avec ses moutons, les soldats italiens avaient réoccupé son hameau et l'armée impériale s'était retirée sur le Porchecche.

Pendant qu'ils discutaient tranquillement, un capitaine grand et sec au regard vif s'était approché du groupe :

— *Zio*, dit soudain ce capitaine, et en entendant sa voix les soldats firent mine de se lever, mais il les arrêta d'un geste de la main. *Zio*, où voulez-vous aller ?

— Chez moi, répondit Tönle en retirant sa pipe de sa bouche. Chez moi.

— Où habitez-vous ?

Tönle Bintarn dit le nom du hameau et le capitaine Emilio Lussu eut un sourire triste :

— Les Autrichiens l'ont repris ces jours-ci. Repartez dans la plaine, dit-il, et attendez la fin de tout ça. Vous n'avez pas de famille ?

"Bataillon, sac sur le dos ! En marche !" entendit-on crier en tête de la colonne qui avait fait halte. Puis : "Capitaine Lussu, faites accélérer les retardataires !"

En grommelant et en jurant, les soldats remirent leurs bardas sur leur dos et reprirent leur marche vers la rumeur des canons ; Tönle ne les suivit pas. Mais il ne rebroussa pas chemin non plus ; il les laissa prendre de l'avance et vit le grand capitaine tout raide lui faire un signe de la main, un signe de salut, un signe qui disait : rebroussez chemin.

L'ombre gagnait et l'air devenait froid et humide ; il reprit sa marche sur un sentier à mi-pente qui le conduisit à une petite étable qui l'été servait d'abri pour les bêtes ; il y avait un tas de feuilles mortes dans un coin, des feuilles de hêtre souples et bruissantes ; il se coucha dessus et s'en couvrit pour se protéger du froid. Il projetait de se remettre en route vers chez lui à une certaine heure de la nuit : même en avançant lentement et prudemment pour éviter les militaires, en trois heures il y serait.

Il remonta sa montre, puisa dans les victuailles qui restaient dans sa musette, alluma sa pipe et attendit que le temps passe. Quand il gratta une allumette avec précaution pour regarder l'heure, il était trois heures. Peu après, il se leva, s'épousseta et sortit.

Tous les nuages étaient descendus vers la plaine et le ciel vers les montagnes était froid et limpide, ct le froid et les innombrables étoiles lui rappelaient le ciel hivernal au-dessus du toit de sa maison, l'odeur du feu de bois, et la neige, et les chants de Noël. “On ne doit pas être loin de la Noël”, pensa-t-il.

Appuyé contre le mur de pierres sèches, il y avait un bâton abandonné par quelque vacher pendant la saison des pâtures, il le prit et se mit en chemin. Il partit d'un bon pas, le même que lorsqu'il franchissait les frontières, il y avait bien des années de cela. Il évita les hameaux, les baraquements militaires, les compagnies d'ouvriers militaires, les batteries de gros calibres, les postes de contrôle. Mais cela lui demanda plus de temps que prévu et, quand il arriva à l'orée de la grande forêt noire qui clôt nos montagnes du côté de la plaine, il faisait déjà jour.

Maintenant qu'il était dans la forêt, il pouvait marcher plus tranquillement, et il emprunta le sentier du haut qui longe la frontière entre deux communes et mène vers le mont Sprunch. Mais, arrivé à un certain point, il lui fut impossible de continuer : il avait beau tourner dans tous les sens, il tombait toujours soit sur une batterie cachée au milieu des sapins, soit sur une tranchée de deuxième ligne, ou dans un enchevêtrement de fils barbelés. Alors, il abandonna toute précaution et s'engagea dans la Barental. Il fut arrêté par un sous-lieutenant d'artillerie de montagne, conduit au poste de commandement de la batterie, fouillé et interrogé.

Le capitaine ne parvint pas à lui faire entendre raison ; et le vieillard pas plus au capitaine.

— Bon, finit par dire le capitaine au sous-lieutenant. On est en train de perdre notre temps, et notre intervention pourrait être réclamée d'un instant à l'autre ; tu entends comme ça tire vers le Valbella. Emmène cette vieille bourrique à l'observatoire, montre-lui sa maison avec le périscope, et envoie-le au diable !

Tous deux se rendirent donc à l'observatoire des Nisce ; le sous-lieutenant se fit bien expliquer quelle était sa maison et il orienta le périscope dessus, puis il l'invita à regarder dans l'oculaire.

Tönle vit tout de suite qu'il n'y avait pas de cerisier sur le toit, ni même de toit, et les murs ébréchés et noircis, et le potager sur le devant dévasté par de profonds trous qui, à la place de la terre noire, avaient fait remonter à la surface des cailloux aussi blancs que des ossements. “Ce n'est pas ma maison”, pensa-t-il. Mais ensuite, en continuant de regarder en silence et en voyant le Moor derrière et les ruines des autres maisons du hameau, et les lopins en terrasse, et le Grabo et les vestiges du Prunnele devant, il comprit que tout cela appartenait au passé. Il vit soudain quatre petits nuages de fumée s'élever de derrière le Grabo, puis de nombreux soldats autrichiens courir courbés.

Mais le sous-lieutenant qui observait aux jumelles vit lui aussi les quatre petits nuages et les soldats, et il poussa le vieillard avec son bras, se pencha vers le téléphone, appela le commandant de la batterie, donna les coordonnées de tir. Juste après, tout proches, quatre canons firent feu, et les nombreux obus allèrent exploser autour de sa maison et dans le pré sur l'arrière.

On était le 24 décembre 1917, les Autrichiens avaient commencé leur percée pour contourner le mont Grappa et le Piave. Tous les canons d'un camp et de l'autre se mirent à tirer, les régiments autrichiens et hongrois partirent à l'assaut pour atteindre Venise, comme promis par l'empereur Charles qui regardait l'action depuis le sommet des Melette, satisfait. Les régiments italiens sortirent pour contre-attaquer et reprendre les tranchées et les redoutes ; les mitrailleuses fauchaient les hommes et, dans les vallons dévastés, des nuages jaunes de gaz asphyxiants stagnaient entre les barbelés et les arbres calcinés. La neige devenait grise de fumée et rouge de sang.

Plus personne ne se souciait de Tönle Bintarn, les militaires avaient d'autres chats à fouetter ; assis dans un coin de l'observatoire, sa pipe éteinte entre les dents, il entendait les obus exploser autour de lui et passer au-dessus de sa tête. Quand il eut l'idée de regarder par une meurtrière, il vit le village, en bas, de l'autre côté des prés. Mais il n'y avait plus de prés : neige, cailloux, barbelés, cadavres de soldats, tout se mêlait. À la place du village, il y avait un tas de pierres ; et, au-dessus des tombes du cimetière derrière l'église, les grands arbres avaient disparu.

Les militaires vaquaient toujours à leurs tâches, alors, lentement, il s'éloigna par le boyau de communication, et quand il fut dans l'épaisseur de la forêt il quitta le boyau et descendit lentement des montagnes, comme les autres réfugiés l'avaient fait au mois de mai de l'année précédente. Cette fois encore il y avait le fracas des canonnades, des incendies, des unités qui montaient, des ambulances et des brancardiers qui descendaient. Mais, désormais, il ne restait là-haut plus rien à détruire, et plus rien pour pouvoir vivre.

Tönle marchait lentement dans la forêt du Camporossignolo, d'un pas fatigué, croisant les soldats qui montaient en silence au combat et suivant le gémissement des blessés sur les civières. Sa vieille veste de chasse en futaine sentait encore le sel et le mouton.

Il quitta la forêt, la route, les sentiers, et s'arrêta pour la nuit dans une bergerie cachée entre les cytises et les aulnes, dans un ravin où les belettes et les chats retournés à l'état sauvage trouvaient refuge.

La rumeur du combat s'était un peu atténuée, mais à l'aube un fracas ininterrompu, d'une intensité croissante, le tira de sa torpeur ; il se rendit compte que tous les canons, même ceux de gros calibre positionnés sur les bords inférieurs du plateau d'Asiago, tiraient en continu. Ce qu'il avait vu à travers l'instrument de l'observatoire des Nisce lui revint en mémoire, et il se rencogna dans la litière comme une agnelle transie de froid, pas par peur, pour sûr, mais par pitié.

Durant la journée, pareille aux rafales d'un vent qui brusquement se déchaîne, la bataille enflait puis diminuait, et elle ne s'apaisa que vers le soir.

Alors Tönle Bintarn sortit de son refuge et se dirigea vers la plaine. Il avait décidé de rejoindre un village encore habité pour demander des nouvelles des réfugiés de notre terre, retrouver ses filles et ses petits-enfants et attendre la fin. À un ruisselet, il but avidement et se rafraîchit le visage. Il marcha par des sentiers très abrupts, pour descendre il se retenait parfois aux branches des arbres ou aux racines des buissons ; il passa par les prés luisants de givre, par les parcelles durcies par le gel. Puis, soudain, l'air devint plus doux, comme printanier.

Sans le vouloir, il avait atteint cet endroit singulier au pied de nos montagnes et avant la grande plaine où mûrissent des figues gorgées de sucre, du raisin muscat et où poussent les oliviers.

Il se sentait bien, à présent, on n'entendait plus les rumeurs du combat, seulement un vent léger entre les branches des oliviers. Le soir tombait et la plaine en direction de la mer se dégageait : le ciel prenait la couleur de l'eau marine. Il s'assit sous un olivier, remonta sa montre sans savoir que les heures qui s'étaient écoulées ce jour-là étaient celles de Noël ; il alluma sa pipe, s'adossa au tronc et dit à haute voix :

— On dirait un soir de printemps.

Il se souvint du soir où, bien des années auparavant, il attendait à la lisière du bois que l'ombre de la nuit avale le cerisier sur le toit pour rentrer chez lui.

Le lendemain matin, le combat s'était tari, comme quand un orage a épuisé sa réserve de nuages et d'éclairs. Les soldats se reposaient, exténués, sur les positions dévastées, et les blessés étaient transportés vers l'arrière. Le lieutenant Filippo Sacchi devait se rendre au poste de commandement du IXe bataillon de chasseurs alpins, auprès du colonel Scandolara, pour collecter et rapporter des informations au commandement de la 52e division ; vu que la journée était belle et calme, il envisageait aussi d'en profiter pour entrer dans l'abbaye de Campese, qui était sur sa route, et rendre hommage à la tombe de Teofilo Folengo.

Il marchait, absorbé dans ses pensées, quand, à proximité de San Michele, où les bénédictins avaient planté ces oliviers des siècles auparavant, il vit un vieillard adossé à un tronc, paisible, sa pipe à la main :

— Bonjour ! lui dit-il.

Mais il n'obtint pas de réponse. “Peut-être qu'il est sourd”, pensa-t-il, et il lui fit un signe de la main.

Il n'obtint pas de réponse à son signe non plus, et quand il se fut approché, il s'aperçut qu'il était mort. Il regarda autour de lui, ne vit personne, puis entendit des pas sur la route qui tournait au-dessus et appela. Un soldat plutôt dépenaillé, avec son casque sur la tête et sa pèlerine en bandoulière, apparut.

— Descends, lui dit le lieutenant. Il faut faire quelque chose. Il y a un vieillard mort.

J'ÉTAIS allé dans la forêt faire du bois pour l'hiver, et il n'y avait personne chez moi pour répondre au téléphone. Je ne savais pas.

Comme les autres soirs, avant le souper, j'allais voir Gigi. En marchant, je pensais à sa maladie qui, de jour en jour, le privait de ses forces mais pas de son envie de vivre : "Il est extraordinaire", me disais-je.

Dans les champs autour du hameau, on binait les pommes de terre et la fumée du feu pour la polenta s'échappait des cheminées. Je pensais à l'histoire que j'avais achevée et à quelle autre je pourrais lui raconter.

En saluant et en répondant aux salutations, j'arrivai chez lui : tout était fermé ; et les chaises n'étaient pas dehors, sur la terrasse devant la porte ; et il n'y avait pas sa voiture sous les bouleaux.

Le cœur serré et la gorge étranglée par l'angoisse, j'allai chez les Nappa pour obtenir confirmation.

— Il a dû partir à toute vitesse parce qu'il n'allait pas bien, me dirent-ils. On a téléphoné chez toi mais tu n'étais pas là.

Les premières ombres dévalaient des montagnes, je m'assis devant sa porte et regardai la vache sur le Moor, comme s'il était encore là avec moi.

Asiago, pendant le long hiver 1977-1978

CATALOGUE TOTEM

232 Kate Reed Petty, *True Story*
231 William Boyle, *La Cité des marges*
230 Keith McCafferty, *Le Baiser des Crazy Mountains*
229 Elliot Ackerman, *En attendant Eden*
228 John Gierach, *Même les truites ont du vague à l'âme*
227 Charles Portis, *True Grit*
226 Jennifer Haigh, *Ce qui gît dans ses entrailles*
225 Doug Peacock, *Marcher vers l'horizon*
224 James McBride, *Deacon King Kong*
223 David Vann, *Komodo*
222 John Farris, *Furie*
221 Edward Abbey, *En descendant la rivière*
220 Bruce Machart, *Des hommes en devenir*
219 Mark Haskell Smith, *À bras raccourci*
218 Winston Groom, *Forrest Gump*
217 Larry McMurtry, *Les Rues de Laredo*
216 Terry Tempest Williams, *Refuge*
215 Wallace Stegner, *La Vie obstinée*
214 Piergiorgio Pulixi, *L'Île des âmes*
213 Giulia Caminito, *Un jour viendra*
212 Julia Glass, *Refaire le monde*
211 David Heska Wanbli Weiden, *Justice indienne*
210 Alex Taylor, *Le sang ne suffit pas*
209 Ross Macdonald, *Le Frisson*
208 Tiffany McDaniel, *Betty*
207 John D. Voelker, *Itinéraire d'un pêcheur à la mouche*
206 Thomas Berger, *Little Big Man*
205 Peter Swanson, *Huit crimes parfaits*
204 Andy Davidson, *Dans la vallée du soleil*
203 Walter Tevis, *L'Homme tombé du ciel*
202 James Crumley, *Le Canard siffleur mexicain*
201 Robert Olmstead, *Le Voyage de Robey Childs*

200 Pete Fromm, *Chinook*
199 Keith McCafferty, *La Vénus de Botticelli Creek*
198 Tom Robbins, *Jambes fluettes, etc.*
197 Nathaniel Hawthorne, *La Lettre écarlate*
196 Jennifer Haigh, *Le Grand Silence*
195 Kent Wascom, *Les Nouveaux Héritiers*
194 Benjamin Whitmer, *Les Dynamiteurs*
193 Barry Lopez, *Rêves arctiques*
192 William Boyle, *L'amitié est un cadeau à se faire*
191 Julia Glass, *Jours de juin*
190 Mark Haskell Smith, *Coup de vent*
189 Trevanian, *L'Été de Katya*
188 Chris Offutt, *Sortis des bois*
187 Todd Robinson, *Une affaire d'hommes*
186 Joe Wilkins, *Ces montagnes à jamais*
185 James Oliver Curwood, *Grizzly*
184 Peter Farris, *Les Mangeurs d'argile*
183 David Vann, *Un poisson sur la Lune*
182 Mary Relindes Ellis, *Le Guerrier Tortue*
181 Pete Fromm, *La Vie en chantier*
180 James Carlos Blake, *Handsome Harry*
179 Walter Tevis, *Le Jeu de la dame*
178 Wallace Stegner, *Lettres pour le monde sauvage*
177 Peter Swanson, *Vis-à-vis*
176 Boston Teran, *Méfiez-vous des morts*
175 Glendon Swarthout, *Homesman*
174 Ross Macdonald, *Le Corbillard zébré*
173 Walter Tevis, *L'Oiseau moqueur*
172 John Gierach, *Une journée pourrie au paradis des truites*
171 James Crumley, *La Danse de l'ours*
170 John Haines, *Les Étoiles, la neige, le feu*
169 Jake Hinkson, *Au nom du Bien*
168 James McBride, *La Couleur de l'eau*
167 Larry Brown, *Affronter l'orage*

166 Louisa May Alcott, *Les Quatre Filles du docteur March*
165 Chris Offutt, *Nuits Appalaches*
164 Edgar Allan Poe, *Le Sphinx et autres histoires*
163 Keith McCafferty, *Les Morts de Bear Creek*
162 Jamey Bradbury, *Sauvage*
161 S. Craig Zahler, *Les Spectres de la terre brisée*
160 Margaret Mitchell, *Autant en emporte le vent*, vol. 2
159 Margaret Mitchell, *Autant en emporte le vent*, vol. 1
158 Peter Farris, *Dernier Appel pour les vivants*
157 Julia Glass, *Une maison parmi les arbres*
156 Jim Lynch, *Le Chant de la frontière*
155 Edward Abbey, *Le Feu sur la montagne*
154 Pete Fromm, *Comment tout a commencé*
153 Charles Williams, *Calme plat*
152 Bob Shacochis, *Sur les eaux du volcan*
151 Benjamin Whitmer, *Évasion*
150 Glendon Swarthout, *11 h 14*
149 Kathleen Dean Moore, *Petit Traité de philosophie naturelle*
148 David Vann, *Le Bleu au-delà*
147 Stephen Crane, *L'Insigne rouge du courage*
146 James Crumley, *Le Dernier Baiser*
145 James McBride, *Mets le feu et tire-toi*
144 Larry Brown, *L'Usine à lapins*
143 Gabriel Tallent, *My Absolute Darling*
142 James Fenimore Cooper, *La Prairie*
141 Alan Tennant, *En vol*
140 Larry McMurtry, *Lune comanche*
139 William Boyle, *Le Témoin solitaire*
138 Wallace Stegner, *Le Goût sucré des pommes sauvages*
137 James Carlos Blake, *Crépuscule sanglant*
136 Edgar Allan Poe, *Le Chat noir et autres histoires*
135 Keith McCafferty, *Meurtres sur la Madison*
134 Emily Ruskovich, *Idaho*
133 Matthew McBride, *Frank Sinatra dans un mixeur*

132 Boston Teran, *Satan dans le désert*
131 Ross Macdonald, *Le Cas Wycherly*
130 Jim Lynch, *Face au vent*
129 Pete Fromm, *Mon désir le plus ardent*
128 Bruce Holbert, *L'Heure de plomb*
127 Peter Farris, *Le Diable en personne*
126 Joe Flanagan, *Un moindre mal*
125 Julia Glass, *La Nuit des lucioles*
124 Trevanian, *Incident à Twenty-Mile*
123 Thomas Savage, *Le Pouvoir du chien*
122 Lance Weller, *Les Marches de l'Amérique*
121 David Vann, *L'Obscure Clarté de l'air*
120 Emily Fridlund, *Une histoire des loups*
119 Jake Hinkson, *Sans lendemain*
118 James Crumley, *Fausse Piste*
117 John Gierach, *Sexe, mort et pêche à la mouche*
116 Charles Williams, *Hot Spot*
115 Benjamin Whitmer, *Cry Father*
114 Wallace Stegner, *Une journée d'automne*
113 William Boyle, *Tout est brisé*
112 James Fenimore Cooper, *Les Pionniers*
111 S. Craig Zahler, *Une assemblée de chacals*
110 Edward Abbey, *Désert solitaire*
109 Henry Bromell, *Little America*
108 Tom Robbins, *Une bien étrange attraction*
107 Christa Faust, *Money Shot*
106 Jean Hegland, *Dans la forêt*
105 Ross Macdonald, *L'Affaire Galton*
104 Chris Offutt, *Kentucky Straight*
103 Ellen Urbani, *Landfall*
102 Edgar Allan Poe, *La Chute de la maison Usher et autres histoires*
101 Pete Fromm, *Le Nom des étoiles*
100 David Vann, *Aquarium*
99 *Nous le peuple*

98 Jon Bassoff, *Corrosion*
97 Phil Klay, *Fin de mission*
96 Ned Crabb, *Meurtres à Willow Pond*
95 Larry Brown, *Sale Boulot*
94 Katherine Dunn, *Amour monstre*
93 Jim Lynch, *Les Grandes Marées*
92 Alex Taylor, *Le Verger de marbre*
91 Edward Abbey, *Le Retour du gang*
90 S. Craig Zahler, *Exécutions à Victory*
89 Bob Shacochis, *La femme qui avait perdu son âme*
88 David Vann, *Goat Mountain*
87 Charles Williams, *Le Bikini de diamants*
86 Wallace Stegner, *En lieu sûr*
85 Jake Hinkson, *L'Enfer de Church Street*
84 James Fenimore Cooper, *Le Dernier des Mohicans*
83 Larry McMurtry, *La Marche du mort*
82 Aaron Gwyn, *La Quête de Wynne*
81 James McBride, *L'Oiseau du Bon Dieu*
80 Trevanian, *The Main*
79 Henry David Thoreau, *La Désobéissance civile*
78 Henry David Thoreau, *Walden*
77 James M. Cain, *Assurance sur la mort*
76 Tom Robbins, *Nature morte avec Pivert*
75 Todd Robinson, *Cassandra*
74 Pete Fromm, *Lucy in the Sky*
73 Glendon Swarthout, *Bénis soient les enfants et les bêtes*
72 Benjamin Whitmer, *Pike*
71 Larry Brown, *Fay*
70 John Gierach, *Traité du zen et de l'art de la pêche à la mouche*
69 Edward Abbey, *Le Gang de la clef à molette*
68 David Vann, *Impurs*
67 Bruce Holbert, *Animaux solitaires*
66 Kurt Vonnegut, *Nuit mère*
65 Trevanian, *Shibumi*

64	Chris Offutt, *Le Bon Frère*
63	Tobias Wolff, *Un voleur parmi nous*
62	Wallace Stegner, *La Montagne en sucre*
61	Kim Zupan, *Les Arpenteurs*
60	Samuel W. Gailey, *Deep Winter*
59	Bob Shacochis, *Au bonheur des îles*
58	William March, *Compagnie K*
57	Larry Brown, *Père et Fils*
56	Ross Macdonald, *Les Oiseaux de malheur*
55	Ayana Mathis, *Les Douze Tribus d'Hattie*
54	James McBride, *Miracle à Santa Anna*
53	Dorothy Johnson, *La Colline des potences*
52	James Dickey, *Délivrance*
51	Eve Babitz, *Jours tranquilles, brèves rencontres*
50	Tom Robbins, *Un parfum de jitterbug*
49	Tim O'Brien, *Au lac des Bois*
48	William Tapply, *Dark Tiger*
46	Mark Spragg, *Là où les rivières se séparent*
45	Ross Macdonald, *La Côte barbare*
44	David Vann, *Dernier jour sur terre*
43	Tobias Wolff, *Dans le jardin des martyrs nord-américains*
42	Ross Macdonald, *Trouver une victime*
41	Tom Robbins, *Comme la grenouille sur son nénuphar*
40	Howard Fast, *La Dernière Frontière*
39	Kurt Vonnegut, *Le Petit Déjeuner des champions*
38	Kurt Vonnegut, *Dieu vous bénisse, monsieur Rosewater*
37	Larry Brown, *Joe*
36	Craig Johnson, *Enfants de poussière*
35	William G. Tapply, *Casco Bay*
34	Lance Weller, *Wilderness*
33	Trevanian, *L'Expert*
32	Bruce Machart, *Le Sillage de l'oubli*
31	Ross Macdonald, *Le Sourire d'ivoire*
30	David Morrell, *Rambo*

29 Ross Macdonald, *À chacun sa mort*
28 Rick Bass, *Le Livre de Yaak*
27 Dorothy Johnson, *Contrée indienne*
26 Craig Johnson, *L'Indien blanc*
25 David Vann, *Désolations*
24 Tom Robbins, *B comme Bière*
23 Glendon Swarthout, *Le Tireur*
22 Mark Spragg, *Une vie inachevée*
21 Ron Carlson, *Le Signal*
20 William G. Tapply, *Dérive sanglante*
19 Ross Macdonald, *Noyade en eau douce*
18 Ross Macdonald, *Cible mouvante*
17 Doug Peacock, *Mes années grizzly*
15 Tom Robbins, *Féroces infirmes retour des pays chauds*
14 Larry McMurtry, *Texasville*
13 Larry McMurtry, *La Dernière Séance*
12 David Vann, *Sukkwan Island*
11 Tim O'Brien, *Les choses qu'ils emportaient*
10 Howard McCord, *L'homme qui marchait sur la Lune*
9 Craig Johnson, *Little Bird*
8 Larry McMurtry, *Lonesome Dove*, épisode 2
7 Larry McMurtry, *Lonesome Dove*, épisode 1
6 Rick Bass, *Les Derniers Grizzlys*
5 Jim Tenuto, *La Rivière de sang*
4 Tom Robbins, *Même les cow-girls ont du vague à l'âme*
3 Trevanian, *La Sanction*
2 Pete Fromm, *Indian Creek*
1 Larry Watson, *Montana 1948*

CET OUVRAGE A ÉTÉ COMPOSÉ PAR
ATLANT'COMMUNICATION
AU BERNARD (VENDÉE).

ACHEVÉ D'IMPRIMER EN NOVEMBRE 2022 SUR LES PRESSES
DE NORMANDIE ROTO IMPRESSION S.A.S., 61250 LONRAI
POUR LE COMPTE DES ÉDITIONS GALLMEISTER
13, RUE DE NESLE, 75006 PARIS

IMPRIMÉ EN FRANCE

DÉPÔT LÉGAL : JANVIER 2023
N° D'IMPRESSION : 2205567